MARGERY ALLINGHAM

Die Patientin in der Pfauenvilla

Meurer

Buch

Seit dem Tag, an dem ihr Verlobter mit der Filmschauspielerin Francia Forde durchgebrannt ist, gibt es im Leben der Ann Fowler nur noch eine Leidenschaft: Keuchhusten. Die Ärztin praktiziert auf dem Land und kümmert sich aufopfernd um die kleinen und großen Wehwehchen ihrer Patienten. Doch eines Tages entreißen neue Ereignisse sie abrupt aus der Beschaulichkeit ihres Daseins, und die Vergangenheit holt sie wieder ein: Sie wird in die Pfauenvilla gerufen, um eine angeblich verwitwete Dame zu behandeln. Als sie in der Villa eintrifft, erlebt Ann Fowler eine böse Überraschung: Ihre Patientin ist Francia Forde, die Frau, die ihr vor Jahren den Mann stahl. Und diese Begegnung ist keineswegs zufällig. Jemand will Anns alten Zorn dazu benutzen, sie zur Handlangerin eines infamen Verbrechens zu machen …

Autorin

Margery Allingham, geboren 1904 in London, veröffentlichte ihren ersten Roman im Alter von neunzehn Jahren. Vier Jahre später heiratete sie den Künstler Philip Youngman Carter, der den Umschlag ihres ersten Buches gestaltet hatte. Berühmt wurde sie mit ihren insgesamt 20 Kriminalromanen um den höflichen Detective Albert Campion, von dem manche behaupten, er sein eine Karikatur Lord Peter Wimseys. Heute gilt Margery Allingham wegen ihrer subtilen Erzählkunst, ihres Witzes und ihrer ungewöhnlichen Erfindungsgabe als eine der großen englischen *Ladies of Crime*. Margery Allingham starb 1966 in Colchester, Essex. Die Albert-Campion-Romane der Autorin sind bei Goldmann in Vorbereitung.

Von Margery Allingham außerdem lieferbar:

Das Haus am Golfplatz. Roman (3001)

Margery Allingham

Die Patientin in der Pfauenvilla

Roman

Aus dem Englischen von
Herbert Roch

GOLDMANN

Die Originalausgabe erschien 1954 unter dem Titel
»The Patient at Peacocks Hall«

Umwelthinweis:
Alle bedruckten Materialien dieses Taschenbuches
sind chlorfrei und umweltschonend.
Das Papier enthält Recycling-Anteile.

Wiederveröffentlichung Dezember 2000

Umschlaggestaltung: Design Team München
Umschlagfoto: Photonica/Rank
Satz: deutsch-türkischer fotosatz, Berlin
Druck: Elsnerdruck, Berlin
Krimi 3001
Lektorat: Julia Eisele
Herstellung: Max Widmaier
Made in Germany
ISBN 3-442-03001-3
www.goldmann-verlag.de

3 5 7 9 10 8 6 4

1

»Die Augen sind überhaupt nicht zu vergleichen, Miss Ann. Schauen Sie mal genau hin. Sie sind ziemlich gewöhnlich. Warten Sie, ich bringe Ihnen einen Handspiegel.«

Rhoda lehnte die gefaltete Zeitung mit der darin abgebildeten Fotografie direkt vor mir gegen die Tasse, aus der ich meinen Kaffee nach dem Lunch getrunken hatte. In ihrer unverhohlenen, unschuldigen Erregung, die ihren ganzen, zweihundert Pfund schweren Körper erzittern ließ, riss sie eine alte Wunde mit einer Zielsicherheit auf, als hätten ihre plumpen gutmütigen Finger die Narbe entdeckt und sich hineingebohrt.

Es kam vollkommen unerwartet. Ich hatte einen arbeitsreichen Vormittag hinter mir und war noch völlig von den Nöten und Sorgen meiner Patienten erfüllt, so dass ich an mein eigenes Leben überhaupt nicht gedacht hatte. Rhoda hatte mich einfach überrumpelt.

»Nein, danke«, erwiderte ich höflich und hoffte, dass ich bei dem plötzlichen Schmerz nicht blass geworden war. Ich kannte Rhoda und nahm mich ganz automatisch zusammen, denn ich wusste, dass sie mich genau beobachten würde, um herauszubekommen, ob ich meine unglückliche Liebe vergessen hatte oder nicht. Rhoda gehörte zu den Frauen, die schon zwei Tage nach der Aussaat den Boden aufkratzen, um nachzusehen, ob die

Samen aufgegangen sind. »Ich habe meine Augen heute früh betrachtet«, meinte ich. »Wieder blutunterlaufen. Woran mag das liegen?«

Es war mir geglückt, sie abzulenken. Die Knöpfe an ihrer weißen Kittelschürze spannten sich, als sie Atem schöpfte. Sie blickte mich aufmerksam an.

»Unsinn, sie sind sehr schön, genau wie die Augen Ihrer Mutter, nur von einem anderen Blau und nicht so rund.«

»Sehr richtig«, stimmte ich zu. »Und ich habe zwei davon, genau wie sie.«

»Jetzt wollen Sie komisch sein – wie Ihr Vater. Aber ich habe über seine Witze nie lachen können und werde auch über Sie nicht lachen. Sie haben hübsche Augen und fangen überhaupt an, sich herauszumachen, seit Sie sich im Krankenhaus nicht mehr zu Tode schuften, sondern eine halbe Landärztin geworden sind. Sie sehen längst nicht mehr so pummelig aus wie früher. Das hab' ich auch zu Mr. Dawson gesagt, als er mit dem Gemüse kam.«

»Muss ja interessant für ihn gewesen sein«, murmelte ich und stellte mir den hageren asthmatischen Gemüsehändler vor. »Übrigens bin ich keine halbe Ärztin, sondern schon seit mehreren Jahren zugelassen.«

»Seit viereinhalb Jahren«, sagte sie. »Aber Sie sind doch nur Dr. Ludlows Assistentin, nicht wahr? Sie machen nicht alles selber.« In ihrem gütigen, unschönen Gesicht drückten sich Argwohn, Energie und vor allem Zuneigung aus. »Wollen Sie die Zeitungsnotiz über sie denn nicht lesen?«

Ich ignorierte die Betonung, die Rhoda auf das Wort

›sie‹ gelegt hatte. Rhoda meinte es nicht so, oder zumindest nicht so, wie es klang. Sie war sechzehn gewesen, als sie zu meiner Mutter in Stellung kam, drei Wochen nach meiner Geburt, und jetzt, da ich allein war und mein eigenes kleines Haus auf dem Grundstück von Dr. Ludlow bewohnte, arbeitete sie weiter für mich, genauso treu und noch schwatzhafter als in dem geschäftigen Arzthaushalt meiner Eltern in Southersham.

In meinem Wohnzimmer war es sehr angenehm – zum Mindesten hatte ich es so empfunden, ehe sie mit der Zeitung gekommen war. Außer der Küche befand sich im Erdgeschoss nur dieses einzige Zimmer, groß und geräumig, mit den hübschen Kleinigkeiten von zu Hause ausgestattet. Es war lang und niedrig, mit Fenstertüren, die auf einen kleinen mit Moos bewachsenen Hof hinausgingen, und der Blick fiel auf die breite, mit einzelnen Bäumen bestandene Wiese, die das Ende des bebauten Geländes diesseits des Kleinstädtchens Mapleford darstellte.

Ich liebte das Haus und war glücklich, ruhig und zufrieden, bis Rhoda das Wort ergriff. Jetzt, da sie mich nicht aus den Augen ließ, blieb mir nichts anderes übrig, als den Artikel über Francia Forde zu lesen.

Bei dem Bild verweilte ich nicht lange. Ich kann mit aller Aufrichtigkeit behaupten, dass ich die Reproduktion dieses lieblichen, von blondem Haar umrahmten Botticelli-Gesichts nie eingehend betrachtet habe. Von den vier Filmen, in denen sie die Hauptrolle spielte, habe ich mir keinen einzigen angesehen und sie mir nie als Frau aus Fleisch und Blut vorgestellt, damit ich nicht in die sträfliche Sünde verfiele, sie zu hassen. Ich hatte keine Ahnung, ob sie klein oder groß, klug oder dumm war, und ob sie eine schrille oder eine raue Stimme hatte. Soweit es mich anging, hatte Francia Forde nie existiert und John Linnett auch nicht.

Jedenfalls war das meine Version der Geschichte, an die ich mich mit ziemlichem Erfolg klammerte. Ich musste mein eigenes Leben führen und fand allmählich Spaß daran. Mit achtundzwanzig war ich Chefassistentin eines alten Arztes, dessen Praxis viel zu groß für ihn war. Stündlich sammelte ich neue Erfahrungen. Ich hatte meine Patienten gern und teilte ihre Sorgen und Nöte. Ich freute mich, wenn ein Kind zur Welt kam, und verspürte tiefen Kummer, wenn jemand starb. Liebe war für mich nichts weiter mehr als eine natürliche Krankheit. Ich hatte dieses Erlebnis hinter mir, ich wusste Bescheid darüber, es war vorbei.

Im Augenblick war Keuchhusten meine wahre Leidenschaft. Die Zeitungsnotiz konnte mir daher kaum Interesse abgewinnen, aber ich war überrascht, wie viel Mühe es mir machte, sie zu lesen. Die Wörter tanzten vor meinen Augen. Es handelte sich offenbar darum, dass sich die schöne Francia Forde nach ihrem großen Erfolg in ›Shadow Lady‹ für eine Weile vom Filmgeschäft zurückgezogen hatte, um das Fotomodell in einer Werbekampagne für die Kosmetikfirma Moonlight zu spielen. Auch das Fernsehen war erwähnt.

Für mich bedeutete das einfach, dass mich jede Zeitschrift oder Tageszeitung, die ich aufschlug, an sie erinnern und sie sogar im Fernsehen auftauchen würde. Das Kino konnte ich meiden, aber jetzt würde sie allgegenwärtig sein.

Rhoda war mit dem Geschirr hinausgestampft, und so brauchte ich nicht länger auf meinen Gesichtsausdruck zu achten. Ich faltete die Zeitung zusammen und starrte gedankenverloren über den Tisch hinweg auf die Steingartenblumen und die Wiese.

Die Vergangenheit hat manchmal etwas Erschreckendes ... John war vier Jahre älter als ich. Unsere Eltern waren befreundet gewesen. Die Väter praktizierten als Ärzte im selben Städtchen, und von Kindheit an stand fest, dass John Linnett und ich Medizin studieren und uns dann heiraten würden. In meiner augenblicklichen Stimmung hätte ich schwören können, dass das alles ein dummer Irrtum unserer Eltern gewesen war und dass wir uns nie hätten lieben können, aber im nächsten Moment entsann ich mich des Abends, an dem ich zum ersten Mal bemerkte, wie atemberaubend gut John aussah. Es war während des Krieges gewesen, am Abend vor seiner Einberufung zum Sanitätskorps, in das er als Major eintrat, während ich noch mein Pflichtjahr im Krankenhaus absolvierte. Wir waren an der Mauer in Linnetts Garten auf und ab gegangen, über uns rauschten die Bäume, und die Erde verströmte einen süßen Duft.

Während ich dasaß und Francia Forde mich aus der Zeitung strahlend anlächelte, spürte ich, ohne es im Geringsten zu wollen, Johns Finger auf meiner Schulter und seine Lippen auf meinem Mund, hart und drängend. Noch immer konnte ich den betörenden Zauber jenes Augenblicks spüren, als uns bewusst wurde, dass es nichts Wichtigeres auf der Welt gab als uns beide und unsere Zusammengehörigkeit, die uns unbesiegbar machen würde.

All das stand lebhaft vor mir. Ich entsann mich der Pläne, die wir machten, und dass uns nichts zu großartig oder unmöglich vorkam. Selbst die Kinderklinik, die wir im Laufe der Zeit zu einem Krankenhaus und einer Forschungsstätte erweitern wollten, hatte mehr Wirklichkeit als die Verlegenheit und Unsicherheit, die bei seinem letzten Urlaub zwischen uns herrschte.

Mittlerweile hatte sich Trauriges ereignet. Seine Eltern waren tot. Sie hatten nach einem kurzen Besuch in London einen überfüllten Zug bestiegen, doch schon auf der zweiten Station waren sie in einen Luftangriff geraten. Als man sie fand, lag noch der Ausdruck tiefer Verwunderung auf ihren gütigen alten Gesichtern. Mein eigener Vater siechte in seinem Krankenhaus an einem Krebsleiden langsam dahin.

Ich glaube nicht, dass John und ich während dieses letzten Urlaubs Streit miteinander hatten. Wir waren noch immer Freunde, noch immer verliebt ineinander. Wir machten Hochzeitspläne und wollten heiraten, sobald meine Zeit im St.-James-Hospital abgelaufen wäre. Aber er hatte sich verändert. Er war nervös und zerstreut, als machten sich die Strapazen des Krieges bemerkbar.

Ich weiß, dass er sich äußerlich sehr zu seinem Vorteil verändert hatte. Zu Hause, in Southersham, hatte er schon immer als stattlich gegolten, aber jetzt sah er geradezu blendend aus. Er hatte das dunkelbraune Haar, den wohlgeformten Kopf und das offene Lächeln seines Vaters, er war genauso groß und breitschultrig, und er hatte Mrs. Linnetts kurze gerade Nase, ihre gesunde Hautfarbe und ihre schmalen fröhlichen Augen, die bei einem Mann noch anziehender wirkten. Er war zweifellos eine auffallende Erscheinung. Selbst alte Freunde, von Fremden ganz zu schweigen, schauten sich nach ihm um, und wenn sie zufällig jung und weiblich waren, neigten sie dazu, grundlos zu erröten. Um ihm nicht Unrecht zu tun – und es fiel mir sehr schwer, ihm aus dieser Entfernung Gerechtigkeit widerfahren zu lassen –, musste ich zugeben, dass er sich dieser Veränderung kaum bewusst zu sein schien.

An all das konnte ich mich genau erinnern, doch damals, in jenem langen einsamen Winter des Jahres 1945 und dem darauffolgenden Frühling, als ich keine Briefe erhielt und die Zeit zur Ewigkeit wurde – da erschien mir das Ganze wie ein Traum. Die Psychologen haben eine Theorie, wonach man sich nur an Dinge erinnert, an die man sich erinnern will. Daran glaube ich nicht, denn jede Zeile der unbegreiflichen Nachricht, die der Southersham Observer in jenem Frühling brachte, steht mir noch so deutlich vor Augen, als hätte ich das Provinzblättchen vor mir, und wenn ich je etwas gern vergessen hätte, dann das. Der Inhaber und Herausgeber der Zeitung war der einzige Feind, den mein Vater im Ort hatte. Die Art, wie er den Artikel brachte, war typisch für ihn. Er tat, als billige er nichts davon, ließ aber kein Wort aus.

Miss Phillimore schickte mir die Zeitung nach London, und ich erhielt sie an einem Tage, der wie ein Gedicht war, grün und golden, von einem blauen Himmel überspannt. Außer ihr hätte wohl niemand so schreiben können: »Dies dürfte eine Überraschung für Sie sein, meine Liebe« – in jener spinnenartigen Handschrift von

Achtzehnhundertneunzig. Ich könnte die Notiz noch heute ungefähr hersagen, obwohl ich sie nur ein einziges Mal gelesen hatte.

›Francia Forde, Bullions neuer Star, der in dem nächsten Dolores-Duse-Film die Tochter Yetta spielen wird, hat John Linnett geheiratet, die neueste Entdeckung von Regisseur Waldo. Linnett, der von seiner Einheit Urlaub erhielt, um neben seiner Frau zu filmen, wird die Rolle des stürmischen Liebhabers übernehmen.‹

Und so weiter und so weiter. Zum Schluss hieß es noch:

›Wie wir erfahren, gibt es in Dr. Linnetts Heimatort eine junge Ärztin, die über diese Entwicklung ziemlich betroffen sein dürfte. Aber Kopf hoch, Miss Mediko, man kann den Flug zu den Sternen nicht aufhalten, nicht, wenn es um Francia Forde geht ...‹

Das wusste ich alles noch sehr genau. Obwohl ich längst darüber hinweg und mit Keuchhusten verheiratet war, entsann ich mich jedes Wortes. Unglaublich genug – aber das war alles, was ich von der ganzen Angelegenheit wusste, alles, was ich je darüber erfuhr. Ich erhielt keinen Brief, keine Mitteilung, es gab nicht einmal Gerede unter unseren Freunden. Es war, als hätte John aufgehört zu existieren. Er hatte seinem Zuhause, seinen Idealen und allem, wofür er je lebte, den Rücken gekehrt. Es sah ihm so wenig ähnlich, dass ich es manchmal einfach nicht glauben wollte.

Als der Film aufgeführt wurde, spielte Francia zwar

mit, John aber nicht. Sie errang ihren ersten großen Erfolg. Seitdem war es stetig aufwärts mit ihr gegangen, doch von John hörte man nichts mehr. Falls er noch mit ihr verheiratet war, hielt er sich im Hintergrund. Er schrieb nie und kehrte nicht mehr nach Southersham zurück.

Das war die Geschichte, und wenn ich sie nicht so völlig vergessen hatte, wie ich glaubte, so war ich doch wenigstens darüber hinweg. An jenem Nachmittag im Frühling glaubte ich fest daran, dass ich John nur eines nie vergeben könnte: Den erbärmlichen Verrat, den er an seinen beruflichen Idealen begangen hatte. Das fiel weit schwerer ins Gewicht als alles, was er mir zugefügt hatte, und dennoch …

In diesem Augenblick riss mich der alte Dr. Ludlow aus meinen Grübeleien. Ich sah ihn über die Wiesen kommen und erhob mich, um die Fenstertür zu öffnen. Einen Menschen, der den üblichen Vorstellungen von einem Arzt weniger entsprach, hatte ich noch nicht kennen gelernt. Er war ein zäher, fast wie ein Jockey aussehender kleiner Mann, mit einem Gesicht wie roter Sandstein, und stets bunt und auffällig gekleidet, eine Angewohnheit, die er seit seiner Jugend beibehalten haben muss. Die Einheimischen meinten, er sei achtzig, aber das war einfach absurd. Er sah wie sechzig aus und nahm noch immer an Jagden teil, wenn sich eine Gelegenheit bot.

Percy Ludlow war nicht mehr derselbe, seit er ›sozialisiert‹ worden war, wie er seine Stellung nach der Neuregelung des öffentlichen Gesundheitswesens scherzhaft bezeichnete, und von seinem Standpunkt aus bedeutete das tatsächlich eine geradezu sensationelle Umstellung. Nachdem er sich ein Leben lang wie ein wohltätiger, allseitig beliebter Robin Hood benommen und seine wohlhabenden Patienten zugunsten der ärmeren geschröpft und sich einer strengen Unparteilichkeit in der Behandlung von Kranken befleißigt hatte, ganz gleich, wo er sie vorfand, erwachte er eines schönen Julimorgens und musste feststellen, dass er plötzlich ein besoldeter Staatsbeamter und ein unbesoldeter praktischer Arzt war. Statt einem Herrn musste er jetzt zweien dienen, und der zweite – der die Hand auf dem Geld hatte – war ein riesiger, unpersönlicher, erstaunlich unwissender Apparat mit einer Vorliebe dafür, sich Tausende von Anfragen in dreifacher Ausfertigung beantworten zu lassen. Er behauptete, er würde noch einmal an Schreibkrampf sterben, aber ich glaubte eher, dass er einmal einem Schlaganfall erliegen würde.

Bei ernsthafterem Nachdenken musste ich eigentlich alles an ihm missbilligen. Er war störrisch und altmodisch, hoffnungslos konventionell und ein Snob. Und dennoch, sobald mich die Wissenschaft im Stich ließ und ich außerstande war, eine Diagnose zu stellen, wenn ich an alles gedacht hatte und noch immer im Dunkeln tappte, trat er mitunter schlurfenden Schrittes an das Bett, untersuchte den Patienten, schnaufte und holte aus den Tiefen seines Unterbewusstseins irgendeine durch Erfahrung gelehrte Antwort hervor, die nicht mehr war als eine reine Mutmaßung, aber fast immer stimmte.

Als er an jenem Tage hereingetänzelt kam, merkte ich sofort, dass er wütend war. Sein kaffeebrauner Anzug war fest zugeknöpft, und seine hellblauen Augen starrten mich streitlustig aus seinem roten Gesicht an. Er trat ins Zimmer, blieb stehen und klimperte mit den Geldstücken in seiner Hosentasche.

»Sie sind wohl sehr zufrieden mit sich selber, Dr. Fowler.« Dieses ›Doktor‹ war ein Warnsignal, und ich wog meine Worte sorgfältig ab.

»Nicht mehr als gewöhnlich. Was habe ich denn verbrochen?«

Er reckte sein Kinn. »Zu gewissenhaft, das ist das Übel bei berufstätigen Frauen. Kein Gedanke an die Folgen. Eine Packung Aspirin verlieren und gleich zur Polizei laufen!«

»Oh«, murmelte ich. »Sie meinen das Dormital.«

»Dormital!« Er wiederholte das Wort, als hätte er es nie gehört, was vielleicht sogar zutraf. »Was ist denn das für Zeug? Wo hatten Sie es her? Eine Probepackung von so einer dämlichen Firma, wie?«

Da er mit Brush, unserem lokalen Inspektor, gesprochen haben musste, dem ich den Vorfall gemeldet hatte, gehörte dazu nicht allzu viel Kombinationsgabe. Wäre er nicht so verärgert gewesen, so hätte ich ihm das unter die Nase gerieben. Wie die Dinge lagen, nickte ich nur.

»Es ist neu. Man hat die Lösbarkeit erhöht und –«

»So?« Er hätte nicht angeekelter aussehen können. »Ich selber würde diesen Mist jedenfalls nie verwenden.«

Ich wusste, dass er dafür bekannt war, nie etwas anderes zu verschreiben als Sennesblätter und alten Portwein, und war nahe daran, in Gelächter auszubrechen.

»Tut mir Leid«, sagte ich, »aber es handelt sich um ein Gift, und ich bin überzeugt, dass es jemand aus meiner

Tasche entwendet hat, während ich Hausbesuche machte, und so habe ich es gemeldet.«

Zuerst dachte ich, er würde in die Luft gehen, er überlegte es sich jedoch, und ich merkte, dass er sich darüber schlüssig geworden war, wie er mich am besten herumkriegen könnte. Gleich darauf blickte er mich mit einem entwaffnenden Lächeln an.

»Ich habe Mädchen gern, die sich zu behaupten wissen«, verkündete er. »Sie haben das zweifellos von Ihrer Mutter.«

Diesmal musste ich wirklich grinsen. Schon lange war mir der Verdacht gekommen, dass er sich ziemlich genau über meine Herkunft erkundigt hatte, und dass ich die Stellung bei ihm nur der ziemlich bekannten Familie meiner Mutter verdankte.

Er schüttelte den Kopf und fragte mich nach der Liste der Patienten, die ich am Tage des Verlustes besucht hätte, und als ich sie ihm vorlegte, sah er sie durch, wobei er einen jeden beim Vornamen nannte, was nicht weiter überraschend war, da er den meisten auf die Welt geholfen hatte.

»Lizzie Luffkin«, las er laut und legte einen klobigen Zeigefinger auf das Blatt. »Ja, ich habe gehört, dass Sie dort waren. Eine merkwürdige alte Dame, Ann, und dabei nicht ungefährlich. Erfindet Dinge, wenn sie sie nicht erfahren kann. Wäre mir lieber, Sie hätten sie nicht aufgesucht. Den Wagen haben Sie wahrscheinlich unverschlossen auf der Straße stehen lassen, wie?«

»Ich fürchte, ja.«

»Kann Ihnen keinen Vorwurf daraus machen. Hab' in meinem ganzen Leben noch nie einen Wagen abgeschlossen. Das hab' ich auch Brush erklärt. Nein, diese Liste enthält keine verdächtigen Personen, Ann. Sie hatten das Zeug wahrscheinlich gar nicht bei sich.«

Er musterte mich mit einem seltsamen Ausdruck, einer Mischung von Gerissenheit und Eigensinn. »Bleiben Sie dabei. Sie kennen Mapleford nicht so gut wie ich. Hier ist man altmodisch. Vielleicht sind wir sogar ein bisschen beschränkt. Drücke ich mich klar genug aus?«

»Nicht besonders«, sagte ich hilflos und stieß einen Seufzer aus.

»Sie sind jung, meine Liebe. Die hiesigen Leute sind es nicht, sind es nie gewesen. Brush und ich haben die Angelegenheit bereits besprochen, und wir sind beide der Meinung, dass es unklug wäre, den Verlust an die große Glocke zu hängen. Wir wollen in Mapleford kein Gerede über Rauschgift aufkommen lassen, um es grob auszudrücken.«

Ich starrte ihn an. Für mich waren alle Medikamente in gewissem Sinne mehr oder weniger gefährliche Gifte. Vermutlich wollte er mich nur wachsam machen.

»Veronal!«, rief er, und in seinem Munde klang es wie eine Unschicklichkeit. »Veronal, Ann. Alle eure modernen Barbiturpräparate sind nur Veronal, und darüber haben wir zu unserer Zeit genug gehört.« Er senkte die Stimme, obwohl wir allein waren. »Die Schwester des alten Herzogs ist daran gestorben, die Ärmste. War süchtig.«

Vielleicht war ich nicht so beeindruckt, wie ich es hätte sein sollen. Ich kannte die Herzöge von St. Pancras, die auf dem Schloss wohnten, dessen gotische Türme das Städtchen überschatteten, und die die öffentliche Meinung in Mapleford noch immer bestimmten, aber der ›Junge Herzog‹, wie man ihn nannte, war mir schon recht betagt vorgekommen.

»Wann hat sich denn das zugetragen?«, fragte ich.

Percy Ludlow blickte mich ernst an. »Erst vor dreißig Jahren«, erklärte er, ohne mit der Wimper zu zucken. »Überhaupt keine Zeit für einen Ort wie diesen. Ich weiß es noch, als wäre es erst vorige Woche gewesen. Und so geht es den meisten Leuten. Wenn wir also jetzt anfangen, von gestohlenem oder verlorenem Veronal zu reden, gibt es nur ein endloses Getratsche. Ich kenne meine Leute. Die Hälfte von ihnen hat nichts weiter zu tun, als über die Nachbarn zu klatschen. Nehmen Sie mein Wort darauf, junge Frau, wenn Sie nicht sehr vorsichtig sind, wird man jede ältere Jungfer in Ihrer Kartei verdächtigen, Rauschgift zu nehmen.«

Das war ein Schlag für mich. Obwohl mir meine Vernunft sagte, dass er verrückt sein müsse, stimmte ich ihm innerlich zu. Theoretisch hatte ich vielleicht Recht, doch er kannte diese ulkigen Kleinstädter besser.

»Es tut mir schrecklich Leid«, begann ich, und er grinste mich an.

»Ich hasse jeden Skandal«, bemerkte er. »Fürchte mich in Wahrheit davor. In Mapleford kann ich Ihnen aus allen Schwierigkeiten heraushelfen, solange Sie nicht in einen Skandal verwickelt sind. Andernfalls würde ich keinen Finger krumm machen.«

Er warf mir einen durchdringenden vogelartigen Blick zu. »Was ist denn Ihr neuer Freund in der Pfauenvilla für ein Mensch?«

Damit überrumpelte er mich und führte mir vor Augen, was mir über Ausmaß und Tüchtigkeit von Maplefords Spionagesystem längst hätte bekannt sein müssen. Ich war genau fünfmal in der Pfauenvilla gewesen, seit die alte Mrs. Montgomery das Haus im Februar an Peter Gastineau vermietet hatte. Dieser Mann war einer meiner wenigen Privatpatienten, das heißt, einer von denen, die, obwohl sie den gesetzlich vorgeschriebenen Beitrag zur Krankenversicherung leisteten, ihren Arzt extra honorierten. Das allein verlieh ihm einen gewissen Seltenheitswert.

Ich klärte Percy sofort auf. »Er leidet an Arthritis«, sagte ich, »und sein Herz ist auch nicht in Ordnung. Er hat einige Zeit in einem Gefangenenlager zugebracht und, seinem Aussehen nach zu urteilen, nicht in einem der besseren. Ein Dienerehepaar kümmert sich um ihn.«

Ludlow brummte: »Wohl alles Ausländer, wie?«

»Gastineau ist naturalisierter Engländer, stammt aber vermutlich aus Frankreich oder Belgien. Die Angestellten sind ebenfalls keine Engländer.«

»Hm.« Er wirkte verdrießlich. »Ich habe für Ausländer nichts übrig. Reines Vorurteil natürlich, aber mir kommen sie allesamt verlogen vor – außer Amerikanern und Schotten, die aber bestimmt andere Fehler haben. Weshalb hat denn Alice Montgomery ihr Haus vermietet?«

»Sie verbringt das Frühjahr in London.«

»Oh!« Das besserte seine Laune. »Dann bleibt er also nicht für immer in der Villa.« Er unterbrach seine Wanderung durchs Zimmer und hob die Augenbrauen. »Kann von Glück sagen, dass sie das alte Haus bei diesem Wetter für so kurze Zeit vermieten konnte. Was mag einen Ausländer bewegen, bei diesem Wetter hierher zu kommen? Für Arthritis ist das feuchte Loch nicht gerade geeignet. An Ihrer Stelle würde ich mich jedoch nicht weiter mit ihm einlassen, als unbedingt nötig ist.«

Er trat auf die Terrassentür zu, doch ehe er ging, musterte er mich noch mit einem durchdringenden Blick.

»Mit Ihrem schwarzen Haar und den blauen Augen sind Sie ein bisschen zu hübsch, und Ihre Figur ist zu gut«, erklärte er ernsthaft. »Die alten Weiber hier herum sind da äußerst misstrauisch.«

Es steckte also doch wohl Miss Luffkin dahinter? Ihr Häuschen lag dicht neben der Pfauenvilla. Ich hätte es eigentlich ahnen müssen.

»Das sind Defekte, die mit den Jahren von selber verschwinden«, erwiderte ich laut.

»Wie? Ja, ja, natürlich.« Die Vorstellung schien ihm nicht besonders zu behagen. »Wiedersehn, meine Liebe. Kein Wort mehr über die ganze Angelegenheit, verstanden? Überlassen Sie das mir.«

Er tänzelte wie ein Gnom über die Wiese davon. Während ich ihm nachschaute, kam Rhoda herein.

»Ich konnte nicht anders als zuhören, und dabei fiel mir etwas ein«, sagte sie offen. »Das Häuschen ist eben zu klein für Geheimnisse! Dieser Mr. Gastineau hat heute früh zweimal angerufen. Es fehlt ihm weiter nichts, aber er möchte Sie dringend sprechen.«

Rhoda konnte ihre Neugierde nicht verbergen.

»Er ist weit über vierzig und einer der hässlichsten Männer, die ich je gesehen habe«, bemerkte ich.

»Tatsächlich?« Zu meiner Überraschung schien sie erleichtert. In der Regel brachte sie die geringste Aussicht auf eine Liebesgeschichte mindestens acht Tage lang aus dem Häuschen. Ich schloss daraus, dass ein arthritischer Ausländer nicht akzeptabel war, und als hätte sie meine Gedanken gelesen, sagte sie plötzlich: »Ich habe nämlich an Mr. John denken müssen, verstehen Sie?«

Genauso war es mir ergangen. Manchmal war die alte Rhoda unerträglich.

Es war zehn nach fünf, als ich das Cottage Hospital am anderen Ende des Städtchens verließ, die Sprechstunde begann um sechs. Als ich mich dem Weg näherte, der an Miss Luffkins Häuschen vorbei zur Pfauenvilla führte, fand ich jedoch, dass noch genügend Zeit wäre, Mr. Gastineau einen Besuch zu machen. Ich suchte ihn nicht auf, weil es mich unwiderstehlich zu ihm hinzog. Keineswegs. Für mich besaß dieses menschliche Wrack wenig Anziehendes. Aber es lag etwas in seinem Wesen, das mein Mitgefühl erweckte. Eine gewisse Geisteshaltung schien uns gemeinsam, so wenigstens kam es mir vor. Seine Einstellung zum Leben schlug einen verwandten Ton in mir an. Ich hätte es nicht definieren können. Es war ein mehr oder weniger beängstigendes Gefühl, und es machte mich neugierig. Ich konnte ihn nicht einmal leiden, aber ich wollte um jeden Preis mehr über ihn erfahren.

Miss Luffkin beschnitt die Kletterrosen, die über ihre Hecke rankten. Offenbar tat sie nie etwas anderes. Immer wenn ich vorbeikam, ob im Sommer oder im Winter, war sie am Werke. Die Baumschere in den Händen, schnippelte, bürstete, band und bog sie, während ihre scharfen Augen nach allen Richtungen umherschweiften und ihr Kopf mit dem grünen Kopftuch hin und her wackelte.

Ich winkte flüchtig und fuhr vorbei. Vermutlich schaute sie mir nach und warf einen Blick auf die Uhr, damit sie später bei meiner Rückkehr die inzwischen verflossene Zeit feststellen konnte. Das ließ sich indes nicht ändern.

Die Pfauenvilla gehört zu jenen breit hingelagerten elisabethanischen Baulichkeiten, die sich an die warme Erde zu schmiegen scheinen. Als ich vorfuhr, knarrte die Haustür, und Gastineau erschien. Er war entzückt, mich zu sehen, und gleichzeitig verlegen, wie mir vorkam. Er trat steif an den Wagen heran, um mir den Schlag zu öffnen.

»Ihre Güte beschämt mich«, sagte er in seiner überkorrekten Art, während er mich ins Haus geleitete. »Den weiten Weg hätten Sie sich sparen können. Ich wollte Sie nur um eine kleine Gefälligkeit bitten, und nun bereite ich Ihnen die größten Umstände.«

Er schaute mich aus den Winkeln seiner glanzlosen schwarzen Augen an, und wieder fiel mir auf, wie außerordentlich hässlich er war. Trotz seiner Größe wirkte er klein, da er gebeugt ging, und seine Haut war bleich und spannte sich über den Knochen. Das Schlimmste war, dass er den Eindruck erweckte, als sei er einst vital und attraktiv gewesen und sei jetzt nur noch ein Schatten seiner selbst.

Ich nahm nicht erst Platz. »Was kann ich tun?«, erkundigte ich mich kurz. »Um sechs habe ich Sprechstunde, und ich muss pünktlich sein.«

Er schnitt eine Grimasse. »Kinder mit Pickeln und alte Weiber mit Schmerzen. Ein außergewöhnliches Leben für eine so hübsche Frau. Aber es gefällt Ihnen, nicht wahr?«

»Ja, es macht mir Freude«, gab ich zu. »Und ich glaube, ich werde es nie widerwärtig finden.«

»Das merke ich. Sie sind mehr als klug, Sie besitzen Güte. Das ist selten«, erklärte er ernst. »Deswegen habe ich mich an Sie gewandt, Frau Doktor. Ich benötige einen Krankenwagen.«

Die Bitte kam so unerwartet, dass ich lachen musste, was mir sofort Leid tat, als ich seine sorgenvolle Miene sah.

»Ich weiß, dass es lächerlich klingt«, erklärte er langsam. »Aber ich befinde mich in einer Klemme, wie man sagt. Etwas sehr Unangenehmes ist geschehen, und ich muss etwas dagegen unternehmen. Es handelt sich um die Witwe eines alten Freundes und Landsmannes von mir. Ich habe soeben erfahren, dass sie sich allein und krank in London befindet. Außerdem befürchte ich, dass sie« – er zögerte und beobachtete mein Gesicht, während er nach Worten suchte – »nicht leicht zu behandeln sein dürfte.«

»Nerven?«, legte ich ihm nahe. Das war das Übliche.

»Vielleicht mehr als das.«

»Trunksucht?«

Er hob seine steife Hand. »Ich weiß nicht. Es ist möglich, alles ist möglich. Ich kann Ihnen nur sagen, dass ich sie mit einem Krankenwagen herholen muss.«

Ich zog die Augenbrauen hoch. Ich fing an zu lernen, dass selbst ganz vernünftig wirkende Patienten die unglaublichsten Torheiten begehen konnten, aber ich war immer noch zu unerfahren, um Protest zu erheben.

»Das ist sehr viel verlangt«, äußerte ich vorsichtig.

»Wirklich? Es ist alles, was ich tun kann.« Ein seltsamer Eigensinn sprach aus seinen Worten. »Ich habe Maurice auf dem Totenbett versprochen, dass ich für Louise da sein würde, falls sich mich je brauchen sollte. Jetzt ist dieser Fall eingetreten, und ich muss sie zu mir nehmen.«

»Es ist eine große Verantwortung.«

»Glauben Sie bitte nicht, dass ich mir darüber nicht klar wäre. Ich habe mir die Sache nach allen Seiten überlegt. Seit einer Woche versuche ich, zu einem Entschluss zu kommen, aber innerlich weiß ich, dass ich sie herholen muss. Radek und Grete werden sich um sie kümmern, und Sie möchte ich bitten herzukommen, die Patientin zu untersuchen und mich zu beraten. Dann wüsste ich, dass ich alles in meinen Kräften Stehende getan hätte.«

Er beobachtete mich, um festzustellen, ob ich beeindruckt wäre, was nicht zu leugnen war. Ich war froh, dass er so viel Interesse an einem anderen Menschen nahm. Ich hatte nicht geglaubt, dass er Güte oder Pflichtgefühl besaß. Hoffentlich war er sich im Klaren darüber, was er sich damit aufbürdete.

»Ich kann einen Krankenwagen für Sie bestellen«, antwortete ich leise. »Es scheint nur seltsam, dass ihr behandelnder Arzt das nicht arrangiert.«

»Ah! Ich befürchtete, dass Ihnen das auffallen würde!« Er lächelte mich verlegen an. »Sie hat sich natürlich mit ihm überworfen. Jetzt kümmert sich niemand um sie außer ihrer Wirtin, die auf ihren Abtransport besteht. Sie werden mich doch begleiten, nicht wahr? Sie fahren doch sonnabends immer nach London.«

Hier wurde ich energisch. Ich war nicht laut, wie ich hoffe, aber hart. Ich konnte mir Percys Gesicht vorstellen, wenn ich mit dem ›Ausländer‹ im städtischen Krankenwagen eine Spritztour nach London unternähme. Außerdem war es zu viel verlangt. Mit meinen sonnabendlichen Fahrten nach der Hauptstadt entkam ich Mapleford ein einziges Mal in der Woche, und davon hing meine geistige Gesundheit ab. Ich war überrascht, dass Gastineau über meine Gewohnheiten so gut Bescheid wusste.

Es gelang mir jedoch nicht, ihn davon abzubringen. »Aber Sie könnten die Kranke doch wenigstens in London aufsuchen, ehe sie wegfährt«, bat er.

Ich gab nach, obwohl ich wusste, dass es dumm von mir war. Ich trat an den offenen Schreibtisch in der Ecke, um die Adresse zu notieren. Er weinte fast vor Dankbarkeit, als er mir die Anschrift diktierte.

Ich bin überzeugt, dass mir das blaue Seidenpapierstückchen, das aus einem der winzigen Fächer heraushing, nie aufgefallen wäre, wenn er nicht plötzlich hörbar Luft geholt, sich vornübergebeut und es meinen Blicken entzogen hätte. Wie die Dinge lagen, nahm ich es kaum richtig wahr. Ich erhaschte einen flüchtigen Blick auf etwas, was mir entfernt bekannt vorkam, und dann sah ich nur noch eine verdrehte und steife Hand, die heftig zitterte.

Als ich ihn erstaunt ansah, versuchte er zu lachen, aber seine Augen wirkten beunruhigt.

»Welche Unordnung auf dem Schreibtisch herrscht, meinen Sie nicht auch? Haben Sie alles richtig notiert? Ja, das stimmt. Der Name ist Louise Maurice, sie wohnt Barton Square 14.«

Ich hatte mich von meiner Überraschung noch nicht ganz erholt. Ich kannte viele Patienten, die einen Anfall bekommen hätten, wenn ich zufällig auf eine unbezahlte Gasrechnung oder eine überfällige Steuerforderung gestoßen wäre. In Mapleford wimmelte es von solchen Leuten. Aber ich rechnete Gastineau nicht zu ihnen. Ich war ziemlich sicher, dass seine Bestürzung echt gewesen war und wünschte, ich hätte den blauen Streifen näher betrachten können. Er war mir so bekannt vorgekommen, dass es mich beunruhigte, ihn nicht unterbringen zu können.

Mein nachdenklicher Gesichtsausdruck schien Gastineau zu amüsieren. Er wurde plötzlich sehr fröhlich.

»Ich glaube, ich verstehe mich sehr gut auf Charaktere«, bemerkte er unvermittelt, als wir hinausgingen. »Sie sind gütig, aber gleichzeitig sehr praktisch, nicht wahr? Und Sie haben ein ausgeprägtes Gefühl für das Zweckdienliche.«

»Ich wäre eine schlechte Ärztin, wenn das nicht zuträfe«, erwiderte ich und stieg in den Wagen.

»Und unversöhnlich sind Sie auch?« Er musste die Stimme erheben, da ich gerade den Motor anließ, und die Folge war, dass die Frage wichtig und alarmierend klang. Im selben Augenblick fiel mein Blick auf die Uhr am Instrumentenbrett. Ich legte den ersten Gang ein.

»Ich habe ein Herz aus Feuerstein«, rief ich über meine Schulter, als ich davonbrauste. Erst als ich Miss Luffkin zuwinkte, die, wie ich erwartet hatte, in der Dämmerung stand, um mich vorbeifahren zu sehen, ging mir das Außergewöhnliche an seiner Bemerkung auf.

An diesem Abend hatte Percy dienstfrei. Als ich ankam, war das Wartezimmer voll, und ich verwünschte das sozialisierte Gesundheitswesen. Für mein Gefühl waren seine Mängel so schwerwiegend, dass man sie hätte voraussehen müssen. Da ein jeder gezwungen war, wöchentlich einen recht beträchtlichen Beitrag zur Krankenversicherung zu leisten, wollte man auch etwas dafür haben, und soweit es Mapleford betraf, hatten besonders Percy und seine beiden Assistenten, die früher auch nicht gerade müßig gewesen waren, unter dem Ansturm von Leuten zu leiden, die etwas für ihr Geld verlangten.

Percy stellte eine Sekretärin für uns an und bezahlte sie aus dem Vermögen, das seine Frau ihm hinterlassen hatte, aber das arme Mädchen konnte weder Unterschriften für uns leisten noch entscheiden, ob ein Anspruch berechtigt war oder nicht, und so riss der Strom von Zudringlichen nicht ab, die umsonst zum Zahnarzt überwiesen werden wollten und denen wir die merkwürdigsten Dinge verschreiben mussten: Perücken, Korsetts, Milch, Orangensaft, Vitamin-Tabletten, Pensionen, Rollstühle, Betten, Wasserkissen, Taxifahrten ins Krankenhaus, Krücken, Bandagen, künstliche Gliedmaßen und tausend andere Dinge. Auf jemand zu stoßen, der nur Schmerzen hatte, war fast eine angenehme Abwechslung, wie Percy es ausdrückte.

Um die Dinge noch komplizierter zu machen, hatten viele Patienten, besonders solche, deren Unkenntnis groß und deren Beschwerden geringfügig waren, ihren einstigen Respekt vor unserem Beruf verloren und behandelten uns, als wären wir Beamte und hätten es nur darauf abgesehen, sie um ihre Rechte zu betrügen. Ich war jedoch – außer während der Sprechstunde – nicht so hundertprozentig gegen die Verstaatlichung wie Percy und hoffte immer noch, mich mit der Zeit damit abzufinden. Unterdessen bemühte ich mich, einen klaren Kopf zu behalten und mir um jeden Preis bewusst zu sein, dass ich in erster Linie Ärztin und erst an zweiter Stelle verpflichtet war, Formulare auszufüllen.

An jenem Abend arbeitete ich, bis mir der Schweiß aus allen Poren drang. Gegen Ende der Sprechstunde war die Sekretärin wütend auf mich, und außerdem musste ich mir obendrein noch den armen, alten Mr. Grigson und seine endlose Geschichte über die seltsamen nächtlichen Geräusche in seiner Brust anhören. Er war ein im Ruhestand lebender Kapitän, betagt und würdevoll, und wegen seiner Bronchitis in die Sprechstunde gekommen, weil er nicht von mir verlangen könne, dass ich ihn aufsuche, ›da er mich nicht mehr bezahle‹. Ich wünschte mir mehr so rücksichtsvolle Patienten und hoffte, dass es ihm nicht geschadet hatte. Aus Erkenntlichkeit und vor lauter schlechtem Gewissen hörte ich ihm viel zu lange zu, bis sein Monolog durch das Klingeln des Telefons abrupt unterbrochen wurde.

Ich glaubte fest, der Anruf käme von Rhoda, die wütend über das verdorbene Essen sein würde, aber ich war wieder einmal zu optimistisch gewesen. Eine piepsende Kinderstimme teilte mir kurz aber deutlich mit, dass Mrs. McFall ›angefangen‹ habe. Ich nahm meinen Mantel. Wenn Mrs. McFall erst einmal ›angefangen‹ hatte, war es für alle gutwilligen Leute Zeit, die Boote klar zu machen, die Verteidigungsstationen zu bemannen, die Luken zu schließen und die Feuerwehr zu alarmieren. Dabei lag die Schuld nicht bei der fruchtbaren Frau, sondern bei ihrem Mann. Mrs. McFall bekam alljährlich ein gesundes Kind und hatte das schon seit Menschengedenken mit der schönen Regelmäßigkeit eines Uhrwerks getan. Doch Mike McFall, ihr Lkw fahrender Mann, hatte sich nie an das Phänomen gewöhnt. Seine Vaterschaft war stets von neuem ein fürchterliches Erlebnis für ihn und nur mit Hilfe von Alkohol zu ertragen – in derartigen Mengen, dass der Mann während der Entbindung wie ein Irrer tobte.

Schwester Tooley war für die Leute in jenem Bezirk zuständig. Sie war eine Frau nach meinem Sinn. Ihr Mut beschämte mich, und ihre Ausdauer musste man erlebt haben, um sie zu würdigen. Aber selbst sie fand, dass bei Mrs. McFall zwei Frauen erforderlich wären. Ich hatte ihr versprochen, zugegen zu sein, wenn es bei Mrs. McFall wieder soweit sein würde.

»Entbinden Sie das Kind, Doktorin«, meinte sie, »ich kümmere mich inzwischen um ihn.«

Und so musste ich mich auf den Weg machen. Der Morgen graute, als wir fertig waren. Beim ersten Hahnenschrei tat der jüngste McFall der Welt, in die er kaum eingezogen war, sein Missfallen durch lautes Gebrüll kund. Kurz danach erklärten sich eine handfeste Nachbarin und ihr Sohn bereit, auf die Eltern aufzupassen.

Die Schwester und ich traten in die graue Dämmerung hinaus, und da sie ebenfalls erschöpft war, luden wir ihr Fahrrad auf meinen Wagen, und ich brachte sie nach Hause. Trotz der frühen Stunde konnte ich sie nicht davon abhalten, mich zu einer Tasse Tee aufzufordern. Ihr rundes rotes Gesicht strahlte Besorgnis aus. »Ich muss mit Ihnen sprechen, Frau Doktor.« Ich bin ziemlich nachgiebig. Manchmal hoffe ich, dass es nicht nur Charakterschwäche ist. Ich trat ein. Das Häuschen war klein und sauber wie eine Puppenstube, und während Schwester Tooley mit dem Geschirr hantierte, saß ich auf dem besten Stuhl, und die Augen fielen mir fast zu vor Müdigkeit. Diese Frau hat etwas ganz Besonderes an sich, dachte ich müßig, als ich ihre robuste Gestalt betrachtete, kräftig und stark wie ein Halbblut-Pony. Sie war geschickt und gewitzt und loyal, und ich musste unwillkürlich daran denken, dass wir sie gut gebrauchen könnten, wenn John und ich unsere Kinderklinik einrichten würden. Meine Gedanken waren wieder einmal eigene Wege gegangen, und ich errötete vor Zorn. Mein Unterbewusstsein spielte mir immer derartige Streiche, wenn ich übermüdet war.

Schwester Tooley reichte mir eine dampfende Tasse Tee und nahm neben mir Platz.

»Sie sind völlig fertig«, stellte sie besorgt fest. »Ich hätte Sie ins Bett schicken sollen, aber ich wollte mit Ihnen sprechen. Sie sind in Schwierigkeiten mit der Polizei, wie ich höre.«

Ich blinzelte sie an. »Ich bin Sergeant Archer neulich nach dem Autounfall auf Castle Hill ziemlich grob gekommen, wenn Sie das meinen«, sagte ich. »Er ging mir einfach auf die Nerven, als er darauf bestand, ich solle feststellen, ob der tote Fahrer zur Zeit des Unglücks betrunken war. Dabei war das Reisefläschchen zersprungen und der Mann über und über mit Schnaps bespritzt.«

Tooley schüttelte ihren gütigen alten Kopf über meine Entrüstung.

»Er war aufgeregt, weiter nichts«, meinte sie. »Aber er ist nachtragend, und bei der Polizei soll man sich keine Feinde machen. Weiß Gott, darüber wollte ich mit Ihnen nicht reden. Nein, ich wollte mich nur nach dem gefährlichen Schlafmittel erkundigen.«

Das machte mich munter. Ich konnte mir gut vorstellen, was geschehen würde, nachdem Percy sich dazu entschlossen hatte, den Brunnen, in den das Kind gefallen war, zuzudecken. Ich gab mir alle Mühe, den Vorgang zu erklären, während ich die Verärgerung in meiner Stimme auf ein Minimum herabzudämpfen suchte.

»Dormital. Ja, das habe ich mir gleich notiert, als Inspektor Brush es mir gegenüber erwähnte.« Ihr irisches Englisch klang warm, fast wie eine Rechtfertigung. »Er riet mir, die Geschichte für mich zu behalten, aufzupassen. Das Zeug ist Ihnen bestimmt nicht gestohlen worden, Doktorin, nicht in Mapleford. Nein, es muss Ihnen aus dem Wagen gefallen sein, und jemand hat es wahrscheinlich aufgehoben und über eine Hecke geworfen. Können Sie mir sagen, wie es aussah? Denn wenn man es findet, so kommt man damit aller Wahrscheinlichkeit nach zu mir.«

Ich hatte dem Inspektor die verlorene Schachtel genau beschrieben und konnte mich noch gut daran erinnern.

»Selbstverständlich«, sagte ich. »Es war eine kleine weiße Schachtel mit etwas Blau an den Rändern – ein schmales Band, glaube ich. Außen war etwas aufgedruckt, die üblichen Einzelheiten und Beschreibungen. Die Schachtel war offen und enthielt ein Fläschchen mit unversehrtem Siegel. Und innen steckten die üblichen Gebrauchsanweisungen auf dünnem, eng bedrucktem blauen Papier …«

Meine Stimme versagte plötzlich, als ich meine eigenen Worte vernahm. Dünnes, eng bedrucktes ›blaues‹ Papier!

»Was ist denn, Frau Doktor?«

»Nichts weiter. Wirklich nichts von Belang.« Ich brachte es fertig, völlig normal zu erscheinen, mich zu verabschieden und in meinen Wagen zu steigen, doch als ich durch die verschlafenen Straßen heimfuhr, läutete ein Alarmglöckchen in meinem Inneren. Ich sagte mir, dass ich unter Umständen eine Dummheit beginge, wenn ich Mitleid mit Gastineau hatte und ihm gefällig war. Es ließ mir keine Ruhe, dass ich nichts Bestimmtes wusste und dass er tatsächlich das Mittel genommen haben könnte. Am Tage, als ich das Dormital vermisste, war ich nicht in der Pfauenvilla gewesen, hatte Gastineau jedoch nach einem Hausbesuch bei Miss Luffkin getroffen. Es war mir ausnahmsweise einmal gelungen, sie zu veranlassen, im Hause zu bleiben und wegen ihrer Halsentzündung zu gurgeln.

Als ich auf die Straße trat, stand Gastineau neben meinem Wagen. Ich nahm an, dass er gerade von einem Spaziergang kam, aber er konnte natürlich auch schon länger da gewesen sein …

Darüber dachte ich noch beim Zubettgehen und während des Einschlafens nach, und als ich ein paar

Stunden später erwachte, beschäftigte es mich immer noch. Je mehr ich darüber nachdachte, um so peinlicher wurde die Sache. Doch gleichzeitig wuchs mein Verdacht, dass das blaue Papier zu der Dormitalpackung gehörte. Ich überlegte schon, ob ich mich nicht an den alten Percy wenden sollte, und würde es wahrscheinlich auch getan haben, wenn ich nicht so viel zu tun gehabt hätte. Wie die Dinge lagen, geschah nichts weiter, zumal ich erst am Nachmittag in der Fürsorgestelle, wo voller Betrieb herrschte, daran dachte, den Krankenwagen zu bestellen. Ich musste den Apparat auf dem Schreibtisch benützen, und so in aller Öffentlichkeit hatte ich noch nie telefoniert. Alle anwesenden Mütter und die Hälfte der Kinder hörten zu, als handele es sich bei der Bestellung um einen Wagen für eine Landpartie. In Mapleford wird unentgeltlich kaum etwas zur Unterhaltung geboten, und wenn es einmal geschieht, so kosten die Leute das voll aus. Bis zum Abend würde sich die Geschichte von Gastineaus Besucherin überall herumgesprochen haben. Man würde ihren Namen wissen, woher sie kam und auch, dass ich sie in London, der märchenhaften Stadt, aufsuchen wollte.

Ich konnte keinen Grund dafür angeben, aber irgendwie schien mir das bedenklich.

Im Ganzen war die Woche sehr anstrengend, und Sonnabend früh war es förmlich eine Lust für mich, mein derbes Tweedkostüm wegzuhängen, in ein seidenes Kleid zu schlüpfen, einen komischen Hut aufzusetzen, der mich wie zwanzig aussehen ließ, und nach der fünfzig Meilen entfernten Hauptstadt zu fahren.

Ich aß im ›Mirabelle‹ mit Edith Gower, einer

langjährigen Freundin, zu Mittag. Das Essen war ausgezeichnet, und wir schwatzten nach Herzenslust. Danach besuchten wir eine Ausstellung moderner Kunst und trafen zwei Freunde von ihr, die dort Bilder hängen hatten. Und so bewegte ich mich für eine Weile in einer Welt, die weit weg von Mapleford zu sein schien. Es tat mir unendlich wohl.

Erst um ein Viertel vor vier fiel mir ein, dass es höchste Zeit war, nach Barton Square zu fahren. Ich bereute das Versprechen, das ich Peter Gastineau gegeben hatte. Am liebsten hätte ich ihn mitsamt seiner armen Madame Maurice ins Pfefferland verwünscht. Vermutlich würden sie schon auf mich warten, aber die Zeit war knapp, da ich um fünf mit der Oberschwester im St.-James Krankenhaus zum Tee verabredet war.

Ich kam ohne viel Mühe nach Barton Square. Die schmalen, alten Häuser ragten wie Klippen vor mir auf, als ich nach der Nummer suchte. Zu meinem Erstaunen war von einem Krankenwagen nichts zu sehen. Hoffentlich hatte der Wagen unterwegs keinen Unfall gehabt.

Auch Nr. 14 war eine Überraschung. Schmutzige Gardinen hingen vor den Fenstern, und dahinter schien kein Licht zu brennen. Es war eines jener schmalen Gebäude mit zur Haustür hinaufführenden Stufen und einem Souterrainvorhof, der einem Löwenkäfig glich. Ich ging hinauf und klingelte. Niemand meldete sich.

Ich wartete eine Weile. Ein kalter Wind wehte. Ich läutete noch einmal, und wieder hörte ich das Klingeln, aber noch immer öffnete niemand. Ich fragte mich gerade, ob es etwa zwei Barton Squares in London gab, als ich im Souterrain eine Bewegung wahrzunehmen glaubte. Ich war es wohl von Mapleford her so gewöhnt, die Häuser meiner Patienten einfach zu betreten, dass ich nicht zögerte. Ich ging die Stufen hinunter ins Souterrain und betrat einen winzigen Vorraum. Die Innentür war geschlossen. Nachdem ich vergeblich geklopft hatte, versuchte ich sie zu öffnen.

Meine Hand lag auf dem Knopf, als etwas geschah, was mir für einen Augenblick die Fassung raubte. Der Knopf drehte sich unter meinen Fingern; jemand auf der anderen Seite bewegte ihn. Die Tür ging ruckartig auf, ich wurde mitgerissen und stand plötzlich einem vollkommen fremden Menschen gegenüber.

Der Fremde war – um ihm Gerechtigkeit widerfahren zu lassen – genauso erschrocken wie ich. Es war ein großer Mann in mittleren Jahren mit einem freundlichen Gesicht. Sein tadelloser brauner Anzug schlotterte ihm etwas um den Körper. Er hielt einen sauber gebürsteten Hut und einen sorgfältig zusammengerollten Regenschirm in den Händen und schien darauf zu warten, dass ich das Wort ergriff.

Ich muss völlig durcheinander gewesen sein, denn ich sagte das Erstbeste, was mir einfiel. Ich fragte: »Haben Sie den Krankenwagen gesehen?«

Die Frage schien ihn zu beunruhigen. Seine Augen fingen an zu flackern. Er erwiderte mit einer ruhigen, angenehmen Stimme, die zu seinem Gesicht passte: »Einen Krankenwagen? Hätte ein Krankenwagen kommen sollen?«

Ich fürchte, ich gehöre zu den Leuten, die es nicht unterlassen können, anderen aus der Verlegenheit zu helfen. Obwohl ich halb in ein fremdes Haus eingedrungen war und mich wahrscheinlich im Unrecht befand, war mir, als müsste ich ihm helfen, so bekümmert sah er aus.

»Mein Name ist Dr. Fowler«, erklärte ich. »Ich bin hergekommen, um nach einer Patientin zu sehen, die, so viel ich weiß, in einem Krankenwagen aufs Land gebracht werden soll. Sie heißt Maurice. Ist dies das richtige Haus?«

Er starrte mich betrübt an, und ich spürte, dass ich in meiner allzu weiblichen Kleidung eine recht merkwürdige Ärztin abgeben müsste, doch er schien keinen Zweifel an meinen Worten zu haben.

»Das kann ich Ihnen wirklich nicht sagen«, erwiderte er schließlich und fügte hinzu: »Es tut mir sehr Leid. Es scheint niemand im Hause zu sein, außer – aber vielleicht ist es das Beste, Sie überzeugen sich selbst.«

Er wandte sich um, und ich folgte ihm verblüfft in ein Labyrinth aus finsteren Verliesen und Höhlen, von unseren Vorfahren Häuslichkeit genannt.

Hinter dem ersten Raum, der keinerlei Einrichtungsgegenstände enthielt und unbewohnt war, lag eine kleine Küche. Und dort, als hätte niemand geklingelt oder vor der Tür gestanden, saß eine große, reinliche Frau seelenruhig bei Tee und Toast und bewegte ihren Kiefer wie eine Kuh auf der Weide. Sie hob den Kopf, als wir erschienen, lächelte freundlich und aß weiter. Es war der entmutigendste Empfang, den ich je erlebt hatte.

Sobald ich sie anzureden versuchte, klärte sich das Geheimnis auf. Noch immer lächelnd, doch mit der Gleichgültigkeit eines Menschen, der weiß, dass etwas über sein Fassungsvermögen geht, schüttelte sie den

Kopf und deutete mit dem Zeigefinger erst auf das eine Ohr, dann auf das andere. Die Alte war stocktaub.

Ich öffnete meine Handtasche und suchte nach einem Bleistift, als der Mann sagte: »Ich fürchte, das wird nichts nützen. Sie versteht kein Englisch. Ich hab das schon probiert.«

»Welche Nationalität hat sie denn?«

»Das ist es ja gerade, was ich nicht herausbekommen kann,« murmelte der Mann mit dem Regenschirm. Es klang so hilflos, wie ich mich selbst fühlte. Und als glaubte er, mir eine Erklärung schuldig zu sein, fügte er hinzu: »Ich bin rein zufällig hier.«

Das konnte ich von mir nicht behaupten, doch im Augenblick galt mein Hauptinteresse der Frau, die plötzlich ihr Schweigen brach. Nachdem sie einen Schluck aus ihrer dampfenden Tasse getrunken hatte, wischte sie sich den Mund ab und erklärte mit der lauten, tonlosen Stimme von Menschen, die nichts mehr hören:

»Alle fort!« Sie sprach mit keinem erkennbaren Akzent. Ich konnte sie mit Mühe verstehen. »Alle fort!« Wieder lächelte sie. »Niemand da!« Sie gab sich alle Mühe, und mit einer Handbewegung illustrierte sie die Leere des Hauses über uns.

»Wohin?« Ich versuchte es mit der Lippensprache. Sie passte scharf auf, schüttelte jedoch den Kopf. Es war entsetzlich. Wir waren zwei vernünftige Wesen und konnten uns doch nicht verständigen.

»Wer?« Ich versuchte es noch einmal, und sie lachte.

Ich lächelte sie an und zuckte die Achseln. Es war nichts zu machen. Ich wollte mich gerade abwenden, als sie mit unnatürlich lauter Stimme rief: »Kranke Frau!«

Ich drehte mich rasch um und nickte, um ihr zu verstehen zu geben, dass wir auf der richtigen Fährte wären.

»Ja, richtig«, rief ich. »Wohin?«

Sie überlegte. Ich sah förmlich, wie es hinter ihrer breiten gefurchten Stirn arbeitete. Wiederholt begann sie ein Wort zu bilden, aber kein englisches, wie mir schien, und verwarf es wieder. Dann erhob sie sich und schob den Stuhl zurück.

»A-a-ah«, begann sie vorsichtig. »Kranke Frau. Morter. Morter ...«

»Motor«, murmelte der Mann neben mir. »Ich glaube, sie meint ein Auto.«

Ich nickte der Frau zu, die erfreut lächelte.

»Morter ... huusch – fort. Kranke Frau weg.« Sie setzte sich wieder und zog ihren Teller näher heran. Wir hätten ebenso gut nicht vorhanden sein können.

Der Mann mit dem Regenschirm brachte mich hinaus und öffnete mir die Tür.

»Dr. Fowler«, begann er und erschreckte mich, da mir entfallen war, dass ich mich vorgestellt hatte, »als ich hier ankam, fuhr gerade ein Krankenwagen weg.«

»Tatsächlich? Wann war das?«

Er überlegte. »Augenblick mal. Ungefähr vor einer Stunde, würde ich sagen.« Er war gar nicht erbaut von meiner Frage, und sein Unbehagen zeigte sich fast so deutlich wie mein eigenes.

»Der Wagen wurde durch den Verkehr aufgehalten«, fuhr er beiläufig fort, »und ich stellte zufällig fest, dass er aus Mapleford war. Könnte das der Transport gewesen sein, den Sie meinen, Frau Doktor?«

»Ja«, sagte ich zerstreut. »Muss wohl. Ich frage mich nur …«

Ich weiß nicht, was mich bewog, ihn gerade in diesem Augenblick genau anzublicken. Was ich sah, warf mich fast um. Alle Unklarheit war aus seinen hellen Augen gewichen, und für den Bruchteil einer Sekunde waren sie durchdringend, hart und auffallend intelligent. Schon im nächsten Moment wirkte er wieder völlig hilflos. Aber ich hatte Angst. Ich wünschte ihm einen guten Abend und machte, dass ich davonkam.

Ehe ich ins St.-James-Krankenhaus fuhr, um die Oberschwester zu besuchen, sprach ich mit dem Verkehrspolizisten am Barton Square, der mir bestätigte, dass gegen drei Uhr ein Krankenwagen auf dieser Seite des Platzes gehalten hatte.

Ich war wütend. Ich hatte die ganze Geschichte gründlich satt. Es gibt eine unumstößliche Regel für einen Arzt, der etwas verspätet ein Geheimnis zu wittern beginnt: jede Verantwortung dafür so schnell und gründlich wie möglich von sich abzuwälzen. Ich vergaß die ganze Angelegenheit, und sie fiel mir erst spätabends auf der Heimfahrt wieder ein. Inzwischen hatte sich meine Stimmung gebessert. Die Nacht war herrlich, und ich hatte Zeit zum Nachdenken. Ich beschloss, mich eine ganze Woche lang nicht um Gastineau und seine Freundin zu kümmern. Ich würde Überarbeitung vorschützen und die Behandlung für eine Weile dem jungen Dr. Wells, Percys anderem Assistenten, übertragen.

Als ich zu Hause ankam, hatte ich Gastineau fast vergessen und stellte mit Bestürzung fest, dass noch Licht brannte. Rhoda blieb nie auf, wenn ich in der Stadt war.

Sie ging ins Kino und dann zu Bett. Sie stellte gewöhnlich einen Krug mit Milch und ein paar Kekse für mich hin, und mitunter hinterließ sie auch eine Nachricht. Wenn sie noch auf war, musste etwas Außergewöhnliches im Gange sein.

Ich ließ den Wagen vor der Garage stehen und schlich durch die Hintertür hinein. Rhoda saß in ihrem Korbstuhl und strickte wie wild drauflos, um sich munter zu halten. Als ich erschien, hob sie den Kopf und legte einen Finger auf die Lippen.

»Wer?«, flüsterte ich.

»Er geht einfach nicht.« Mit einem Kopfnicken deutete sie auf die Tür, strickte noch eine Masche und rollte die Arbeit zusammen.

»Er kam, als ich mich gerade hinlegen wollte. Er sagte, er hätte den ganzen Abend angerufen und wäre nur gekommen, um Sie zu sehen und sich zu beruhigen.« Sie schwieg und schaute mich an. »Ich halte nicht viel von ihm, seit ich ihn gesehen habe.«

»Ich auch nicht«, stimmte ich leise zu. »Warum ist er nicht zu Dr. Wells gegangen?«

»Das wollte er nicht. Es handelt sich um etwas Persönliches, sagt er.«

Sie beobachtete mich argwöhnisch wie eine zur Verteidigung bereite Mutter, die auf das Schlimmste gefasst ist.

»Dummes Zeug«, erklärte ich aus voller Seele. »Ich werde ihn einfach heimschicken. So ein Unsinn ist mir noch nicht vorgekommen.«

Ihr rotes Gesicht erhellte sich. »Das nimmt mir einen Stein vom Herzen«, sagte sie überflüssigerweise. »Ich weiß auch nicht, was Ihnen an ihm gefallen könnte. Übrigens bekam ich heute einen Brief aus Southersham. Mit der zweiten Post. Er enthält ein paar Neuigkeiten, von denen Sie nie etwas geahnt hätten.«

Kurzerhand unterbrach ich sie. Selbst wenn das Haus in Flammen stünde, würde Rhoda noch weiter schwatzen. Aber jetzt hatte ich andere Dinge im Kopf. Mit dieser Entwicklung hatte ich nicht gerechnet.

»Ich nehme an, Sie meinen Mr. Gastineau?«

»So nannte er sich.« Sie tat, als ob es sich um ein Pseudonym handele. »Wenn Sie ihn loswerden können, ohne handgreiflich zu werden, so ist das mehr, als ich fertig bringen würde. Gehen Sie und versuchen Sie's. Ich setze inzwischen Wasser auf, und wenn Sie zurückkommen, erzähle ich Ihnen meine Neuigkeiten. Bis dahin sind Sie vielleicht besserer Laune.«

Peter Gastineau saß am Feuer, die Ellbogen auf die Knie gestützt. Er erhob sich steif, als er mich erblickte, und trat einen Schritt vor. Er versuchte, seine Erregung zu verbergen, und in seinen schwarzen Augen lag etwas, was ich bei ihm noch nie zuvor wahrgenommen hatte.

»Das hätte nicht geschehen dürfen«, begann er. »Sie müssen sehr ärgerlich sein, Doktor.«

»Nicht im Geringsten.« Ich war nicht so unerfahren, dass ich ihm gestattet hätte, an meine Gefühle zu appellieren. »Ich bin nur sehr müde. Kann ich noch irgendetwas für Sie tun?«

»Ja. Ich bin in einer sehr misslichen Lage. Ich habe große Angst, dass ich einen Fehler begangen habe.« Ohne Aufforderung nahm er wieder Platz: ich bemerkte eine blaue Linie um seinen Mund. »Als ich heute

Morgen aus London von der Änderung des Planes erfuhr, versuchte ich sofort, Sie zu erreichen. Aber Sie waren natürlich schon weg.« Es war keine Entschuldigung, sondern eine Feststellung, und mir war der Wind aus den Segeln genommen.

»Soviel ich erfahren konnte, ist die Patientin eine Stunde früher abtransportiert worden«, bemerkte ich scharf.

»Oh, dann haben Sie also jemanden gesehen?«, fragte er interessiert. »Das ist gut. Wen haben Sie denn angetroffen?«

»Eine taube Frau und einen Mann, der sie besuchte. Was hat sich denn eigentlich zugetragen?«

Er antwortete nicht sofort. Die Entdeckung, dass man mir nicht einfach die Tür vor der Nase zugeschlagen hatte, schien ihn zu beschäftigen.

»Wenn Sie jemanden gesehen und sich vorgestellt haben, so ist das schon etwas.«

Erleichterung klang aus seiner Stimme. Ich starrte ihn an. Irgendwie hatte er sich verändert. Etwas Neues umgab ihn, und zu meinem Verdruss konnte ich mir nicht schlüssig darüber werden, was es war. Ich fragte mich, ob er mir etwa eine Nervenkrise vorspielen wolle.

Mein Gesichtsausdruck fiel ihm auf, und er nahm sich zusammen. »Ich bin fast außer mir«, erklärte er unbeholfen. »Sie wissen ja, seit … seit dem Kriege liebe ich nichts mehr als Bequemlichkeit, Ordnung und Frieden. Jede Änderung eines Planes macht mich nervös. Die Frau, die sich um Madame Maurice gekümmert hat, rief mich heute früh an und erklärte mir, der Zeitpunkt der Abholung müsse verschoben werden. Ich war verzweifelt, da Sie bereits in London und unerreichbar waren. Schließlich gelang es mir, mich mit den Leuten vom Rettungsdienst in Verbindung zu setzen und sie zu bewegen, früher zu fahren.«

Er schöpfte tief Luft und lehnte sich zurück. Anscheinend wollte er mein Mitgefühl erwecken.

»Nun, wenn Madame Maurice jetzt hier ist, so ist ja alles gut«, sagte ich beruhigend. »Es bestand kein Anlass für Sie, so spät noch hierher zu kommen.«

Er machte große Augen. »Aber ich bin doch gekommen, um Sie zu holen. Sie müssen sie unbedingt sehen!«

»Heute Nacht nicht«, erklärte ich entschlossen. »Das kommt überhaupt nicht in Frage. Es ist schon sehr spät. Lassen Sie sie schlafen, ich komme morgen früh vorbei.«

Er schien erstaunt. Etwas in seinem Gesicht erschreckte mich. Ich dachte, er würde anfangen zu toben. Es war ein seltsamer Ausdruck, flüchtig und vertraut. Ich habe diesen Ausdruck auf den Gesichtern kleiner Jungen wahrgenommen, wenn ihnen plötzlich etwas vorenthalten wurde, was sie haben wollten.

Doch er beherrschte sich und sagte fast demütig: »Sie ist so merkwürdig. Weder Grete noch ich wissen, was ihr fehlt. Es ist eine große Verantwortung.«

»Haben Sie die Temperatur gemessen?«

»Grete hat es versucht. Es war unmöglich.«

»Phantasiert sie?«

»Das weiß ich nicht genau.«

Ich nahm mich zusammen. Ein schöner Haushalt, um einen Kranken zu betreuen!

»Dann hätten Sie Dr. Wells holen sollen, aber dazu ist es jetzt zu spät, fürchte ich. Ich würde vorschlagen, dass

Sie Ihre Haushälterin anrufen und sich erkundigen, wie es der Kranken geht.«

Er schüttelte den Kopf. »Sie müssen mitkommen.« Er hielt inne und fügte entwaffnend hinzu: »Ohne Sie kann ich nicht gut nach Hause zurückkehren. Ich habe mich darauf verlassen, dass Sie kommen würden, und meinen Fahrer mit dem Wagen heimgeschickt. Aber vielleicht könnten wir ein Taxi rufen?«

Das war das Dümmste, was er machen konnte. Den alten Quatschkopf in der örtlichen Garage aufzuwecken und ihn zu veranlassen, Gastineau bei mir um Mitternacht an meinem freien Tage abzuholen! Jetzt reichte es mir bald.

»Schön«, sagte ich. »Ziehen Sie Ihren Mantel an. Ich fahre Sie rasch nach Hause und sehe mir die Patientin kurz an.« Ich musste an mich halten, um nicht grob zu werden.

Ich schlüpfte in meinen dicken Mantel und führte ihn durch die Küche auf den Hof hinaus.

Rhoda starrte mich mit offenem Mund an.

Ich ließ die beiden merken, dass ich alles andere als erfreut war.

Während der Fahrt sagte ich kein Wort, soweit ich mich erinnere. Nach zwei oder drei vergeblichen Versuchen, mich für meine neue Patientin zu interessieren, gab Gastineau es auf, und wir fuhren schweigend bis zur Villa.

In Miss Luffkins Vorderzimmer brannte Licht, das ausging, als wir vorbeikamen. Ich war unvernünftigerweise froh darüber, dass es so dunkel war. In der Pfauen-Villa brannten sämtliche Lampen. Das alte Haus sah aus, als wäre ein Fest im Gange. Grete, die Haushälterin, eine dunkelhäutige Osteuropäerin mit lebhaften Augen, erwartete uns in der Diele.

Sie redete mit Gastineau in einer mir unbekannten Sprache. Dann wandte er sich an mich: »Madame Maurice ist im Gästezimmer. Würden Sie bitte mit hinaufkommen?«

»Da ich einmal hier bin, ja«, erwiderte ich ungnädig, doch den Mantel legte ich nicht ab.

Ich folgte ihm eine blank gebohnerte Treppe hinauf, die schwarz vor Alter und sehr breit war, bis wir auf einen großen Absatz gelangten, wo Radek wartete. Ich gewann den Eindruck, als hätte dieser klotzige Kerl mit dem ernsten Gesicht und grobem, hellem Haar vor einer der Türen gesessen, aber ich war mir nicht sicher. Er sagte etwas zu seinem Arbeitgeber, und Gastineau nickte und bedeutete ihm, uns allein zu lassen.

»Hier herein«, sagte er und öffnete ohne anzuklopfen eine Tür rechts vom Treppenabsatz auf der Hinterseite des Hauses.

Ich trat zuerst ein. Es war eines jener Riesenzimmer, die dazu bestimmt sind, eine ganze Familie zu beherbergen. Ein Kohlenfeuer brannte auf dem Rost im Kamin. Es war fast das einzige Licht. Am Ende des langen Teppichs stand ein großes, altmodisches Bett mit einem Baldachin und Kattunvorhängen.

Zwei Dinge fielen mir gleich bei meinem Eintritt auf: Die Patientin, was ihr auch fehlen mochte, schnarchte mehr oder weniger laut und normal, und im ganzen Zimmer roch es stark nach Alkohol. Ich hätte Gastineau am liebsten die Ohren lang gezogen, wäre mir nicht die

Geschichte eingefallen, die mir Mr. Featherstone, der Tierarzt, vor einer Woche erzählt hatte. Er sagte, sein Weihnachtsabend würde ihm stets durch alte Jungfern verdorben, die ihn zu ihren anscheinend sterbenden Lieblingstieren riefen und wütend wären, wenn er ihnen erklären musste, Hunde, die man mit Plumpudding und Brandysoße füttere, neigten dazu, berauscht zu werden.

Ich trat an das Bett. Es war so dunkel, dass ich nur ein schmales Gesicht und einen Haarschopf auf dem Kissen erkennen konnte. Ich sagte, ohne den Kopf zu heben:

»Bitte, etwas mehr Licht.«

»Selbstverständlich.« Seine Stimme klang merkwürdig heiser vor Erregung. Ich konzentrierte mich auf die Patientin, und obwohl es mir auffiel, kam es mir erst später wieder zum Bewusstsein. Er war um das Bett herumgegangen, schaltete eine ungewöhnlich starke Leselampe ein und richtete sie auf uns beide. Sie blendete mich fast. Mit einer Handbewegung bedeutete ich ihm, sie etwas tiefer zu stellen.

Die vor mir liegende Frau war kaum dreißig und musste, so ging es mir durch den Sinn, sehr schön gewesen sein, ehe sich ihr Gesicht gerötet hatte und ihr Mund schlaff geworden war. Ihr prächtiges Haar war hellblond gefärbt und lag um ihren Kopf wie ein Glorienschein. Ich weiß nicht, ob ich besonders dumm oder unaufmerksam bin, aber ich weiß, dass ich aufgrund meiner Ausbildung gelernt habe, mich nur auf gewisse Details im Gesicht eines Patienten zu konzentrieren. Es ist vorgekommen, dass ich eine Frau, die seit Wochen bei mir in Behandlung war, später auf der Straße nicht erkannt habe.

Jedenfalls weiß ich, dass ich mich in jener Nacht oben in dem riesigen Gästezimmer der Pfauenvilla so auf meine Arbeit konzentrierte, dass fast fünf Minuten verstrichen, ehe ich die warnende Stimme in meinem Inneren hörte, die Frau anschaute und erkannte, wer sie war.

Francia Forde.

Ich hatte mir die Bilder von ihr nie bewusst angesehen, ich war nie in ihren Filmen gewesen, doch als ich ihr jetzt gegenüberstand, erkannte ich sie so genau, als hätte ich mein halbes Leben mit ihr verbracht. Auf eine gewisse Art traf das sogar zu. Es war eine jener Erkenntnisse, die gleichzeitig Furcht einflößend und beschämend sind. Mir wurde bewusst, wie oft und wie sehr ich an sie gedacht haben musste und wie geschickt mein Unterbewusstsein jeden einzelnen Zug ihres Gesichts in sich aufgenommen hatte.

Ich merkte, dass ich die Rundung ihrer Wange und die kaum wahrnehmbare Ausbuchtung neben ihren Schläfen so genau kannte wie die Linien um Rhodas Mund. Es gab Abweichungen, die ich nicht erwartet hatte, kleine Mängel, die die Kamera nicht gezeigt hatte. Diese Frau hatte sich in letzter Zeit bestimmt keine Wohltaten erwiesen. Ihre Augenlider waren von winzigen Linien durchzogen, feiner als Spinnweben. Aber sie war noch immer schön. So schön, dass das alte hilflose Gefühl wieder Besitz von mir ergriff, ohne dass ich nach der Ursache zu fragen wagte.

Es vergingen einige Sekunden, ehe ich spürte, dass ich von der anderen Seite des Bettes beobachtet wurde. Ich fragte mich, ob ich mich verraten hätte. Gastineau konnte über mein Privatleben nichts wissen, was auch immer die Erklärung für Francia Fordes Erscheinen in diesem Hause sein mochte. Davon war ich völlig überzeugt.

Glücklicherweise habe ich von Natur aus ein Pokergesicht, und durch meinen Beruf bin ich noch darin bestärkt worden, eine undurchdringliche Miene zu bewahren. Wenn ich Angst habe oder auch, wenn ich sehr interessiert bin, kann ich mich stellen, als wäre ich nur zerstreut, und als Gastineau schließlich sagte: »Nun, Doktor?«, war ich sicher, dass er nichts gemerkt hatte.

Mit einem Gefühl der Erleichterung konzentrierte ich mich wieder auf meinen Beruf. Ich sagte mir, dass es mich nichts anginge, wer die Frau war oder warum sie sich hier befand. Ich brauchte nur festzustellen, was ihr fehlte. Das war weiter nicht schwer. Sie zeigte keine Neigung aufzuwachen, aber sie war auch nicht bewusstlos. Als ich sie sanft rüttelte, wälzte sie sich mit einem unverständlichen Wort auf die Seite.

»War sie schon in diesem Zustand, als sie heute Nachmittag hier ankam?«, erkundigte ich mich.

»So schläfrig nicht.«

Es klang unsicher, und ich fragte mich, ob er wirklich so dumm sein könnte, wie es schien.

»Nun ja«, sagte er, »sie hat eine beträchtliche Menge von irgendeinem Beruhigungsmittel eingenommen, das Sie wahrscheinlich in ihrer Handtasche finden werden, wenn Sie nachsehen, und außerdem hat sie, um es offen auszusprechen, ziemlich viel Alkohol getrunken. Wenn Sie sich umschauen, werden Sie den Ursprung zweifellos bald entdecken.«

Ich wurde plötzlich übertrieben formell, weil ich gereizt und beunruhigt war.

»Sie meinen, ich sollte unter dem Bett, hinter den Vorhängen und in ihren Koffern nachsehen?«

Er nickte.

Ich war froh, dass er nicht versuchte, völlige Unwissenheit zu heucheln.

»Ich kann es kaum glauben«, sagte er, indem er um das Bett herumkam und neben mir durch das große Zimmer schritt. »Es scheint völlig unmöglich. Sie ist eine hervorragende Schauspielerin, wissen Sie.« Bei den letzten Worten warf er mir einen spöttischen Seitenblick zu, aber im Augenblick befand ich mich in einem seltsamen Gemütszustand und mochte nicht über sie sprechen, nicht einmal erfahren, ob sie mit der Person identisch war, die ich in ihr vermutete. Ich wollte das schreckliche Zimmer nur so schnell wie möglich verlassen.

»Tatsächlich?« Ich tat, als wäre ich uninteressiert. »Nun, im Augenblick kann ich nichts weiter für sie tun, fürchte ich. Sehen Sie zu, dass sie keinen Alkohol mehr trinkt oder irgendwelche Medikamente nimmt. Geben Sie ihr morgen früh ein Abführmittel, und, wenn sie sehr erregt sein sollte, gegen elf einen Schluck Whisky. Bis zum morgigen Abend müssten Sie wissen, ob es chronisch ist oder nicht.«

Zu meinem Unbehagen hörte ich ihn leise lachen.

»Sie sind sehr geschäftsmäßig.«

»Außerdem bin ich sehr müde. Entschuldigen Sie mich jetzt, bitte.«

Ich ging auf die Tür zu. Er kam mir nach.

»Wann darf ich Sie wieder erwarten?«

»Ich glaube nicht, dass Sie mich noch brauchen werden«, erklärte ich munter. »Ihr fehlt weiter nichts. Das muss nichts Gewohnheitsmäßiges sein. Aber wenn das wirklich der Fall sein sollte, müssen Sie sich von anderer Seite Rat holen, nicht bei mir. Gute Nacht, Mr. Gastineau. Nein, Sie brauchen nicht mit hinunterzukommen. Ich finde meinen Weg schon.«

Er humpelte bis auf den Treppenabsatz mit und schaute mir nach, als ich hinunterging. Ich hörte ihn hinter mir etwas murmeln. Die Worte waren so außergewöhnlich, dass ich mich verhört zu haben meinte.

»Mut«, glaubte ich ihn halb zu sich selber halb zu mir sagen zu hören. »Das war das Einzige, woran ich gezweifelt habe!«

Ich schaute mich kurz nach ihm um, doch er lächelte nur und nickte.

»Gute Nacht, Doktor. Das war sehr freundlich von Ihnen. Vielen Dank.«

Wie sehr mich die ganze Geschichte mitgenommen hatte, merkte ich erst, als ich ins Freie trat. Meine Hände zitterten, als sie sich um das Steuerrad legten. Das erschütterte mich. Denn mein Leben beruhte auf der Annahme, ich wäre ein vernünftiger Mensch und nicht so leicht aus der Fassung zu bringen. Ich gehöre nicht zu denjenigen, die das Rätselhafte, den Zweifel oder das Dramatische irgendwie erregend finden. Ich hasse das alles. Was mir auch zustößt, rein instinktiv versuche ich, wieder auf die Füße zu fallen, wie ein Stehaufmännchen, und so bin ich selten ängstlich und doppelt übel dran, wenn es mir doch einmal passiert.

Sobald ich den Wagen in Gang hatte, kam mir der Gedanke, dass, wenn Gastineaus Madame Maurice tatsächlich Francia Forde sein sollte – ich musste zugeben, dass ich mich hierin geirrt haben könnte –, dass dann ihre Ankunft in Mapleford allerdings sehr seltsam war, und je schneller ich mich aus dieser Affäre zöge, umso besser.

Ich überlegte, wie sich das praktisch bewerkstelligen ließe, und fand, dass sich Wells besser als Verbündeter eignen würde als Ludlow. Mitten in dieser Überlegung wurde ich von jemandem angehalten, der auf die Straße trat und eine Taschenlampe schwenkte. Ich bremste scharf und merkte erst jetzt, dass ich mich unmittelbar vor Miss Luffkins Haus befand.

Da stand sie, eingepackt wie ein Wäschebündel, einen mit einem Schal festgebundenen Südwester auf dem Kopf, und starrte mich aufgeregt an.

»Ach, Sie sind es, Doktor!«

Ihre Augen musterten mich, und ich merkte, wie sie feststellte, dass ich ohne Hut war und ein seidenes Kostüm unter dem Mantel trug.

»Ich bin so beunruhigt wegen der armen Leute in der Pfauenvilla. Ich habe den Krankenwagen vorbeifahren sehen. Ist jemand ernsthaft krank, Doktor?«

Mir ist schon manchmal der Gedanke gekommen, Lizzie Luffkins Neugierde müsse genauso pathologisch sein wie ihre Glotzaugen – eine überaktive Schilddrüse. Ich glaube nicht, dass sie etwas dafür kann. Selbst sie spürte wahrscheinlich, dass die Besorgtheit in ihrer Stimme nicht überzeugend klang. Der Krankenwagen musste auf sie gewirkt haben wie das rote Tuch auf den Stier. Vier oder fünf Stunden keine Erklärung dafür gefunden zu haben, muss eine wahre Pein für sie gewesen sein.

»Nichts Ernsthaftes. Nur eine alte Bekannte von Mr. Gastineau, die sich hier erholen will.«

»Ah, verstehe, eine alte Bekannte.« Ihre Enttäuschung war so offensichtlich, dass es komisch war. Sie klammerte sich an die Wagentür, um noch etwas mehr zu erfahren. »Sie sind noch sehr spät unterwegs, Doktor.«

»Allerdings, nicht wahr?«, schrie ich und ließ den Motor aufheulen. »Aber Sie doch auch. Gute Nacht.«

Ich raste in die Dunkelheit hinein und hoffte, dass ich nicht zu schroff gewesen war und dafür büßen musste. In zehn Minuten war ich zu Hause, stellte den Wagen in die Garage und ging in die Küche. Wenn Rhoda auch mitunter ein Dorn in meinem Fleisch war, so war jetzt nichts davon zu spüren. Sie ist der einzige Mensch auf der Welt, von dem ich weiß, dass er unerschütterlich zu mir hält. Und wie immer, wenn ich eine sachliche und nüchtern denkende Vertraute brauchte, war sie zur Stelle.

Ich erzählte ihr, wen ich in der Pfauenvilla vermutete. Sie wandte sich vom Herd ab, den Kessel in der einen roten Hand. Sie machte keine schnippische Bemerkung und war nicht übermäßig verwundert.

»Sind Sie ganz sicher?«

»Nein, und ich kann es einfach nicht glauben. Es ist zu lächerlich. Haben Sie die Fotografie noch, die Sie mir neulich zeigten?«

Sie holte das Bild aus ihrem Privatschubfach, dem mittleren der Kommode, und legte es auf den Tisch.

Ich betrachtete es eine Weile sehr genau. Ich sah, wo es retuschiert worden war, wo man die Mundlinie nachgezogen und die Augenbrauen verkürzt hatte. Aber alles andere stimmte. Es war kein gewöhnliches Gesicht, nicht einmal ein typisches. Die Umrisse waren deutlich und überzeugend, die Züge dieselben.

»Ist sie es?«

Rhoda trat neben mich und legte ihre schwere Hand auf meine Schulter, eine besitzergreifende Gebärde, die sie sich selten gestattete.

»Ich glaube ja«, sagte ich langsam. »Entweder ist sie es, oder sie hat eine Doppelgängerin. Aber es ist unsinnig, Rhoda. Wie könnte sie hier sein und sich Maurice nennen?«

»Er, Gastineau, nennt sie Maurice«, korrigierte sie mich sachlich. »Außerdem ist es gar nicht so komisch, wie Sie glauben. Sie haben die heutigen Zeitungen noch nicht gesehen, wie?«

Sie kramte unter dem Radiotischchen, wo sie die neuesten Zeitungen aufbewahrte, und kam mit der Ausgabe einer von ihr bevorzugten Tageszeitung zurück.

»Hier, das ist mir aufgefallen, als ich mittags darin gelesen habe.«

Es war nur eine kurze Notiz, eine jener Fünf-Zeilen-Angelegenheiten ganz unten in der Spalte.

›Filmstar legt Ruhepause ein!

Freunde von Francia Forde haben erklärt, dass sich die Schauspielerin von den anstrengenden Aufnahmen zu ›Moonlight Girl‹ für eine Weile auf dem Land erholen will. ›Moonlight Girl‹ ist eine neue Reklameserie, die ab Montag in der Presse und im Fernsehen zu sehen sein wird.‹

Ich las die Notiz zwei- oder dreimal, ehe ich etwas damit anfangen konnte.

»Alles schön und gut«, sagte ich schließlich. »Aber ich begreife nicht, warum sie in einem Krankenwagen hier angekommen ist. Ich verstehe nicht, warum Gastineau mir die Maurice-Geschichte aufgetischt hat und was sie bei ihm will.«

»Vielleicht will sie sich verbergen.«

»Vor wem? Sie ist zwar bekannt, aber noch längst kein Star. Hinter ihr sind keine Fan-Horden her.«

Rhoda war sehr nachdenklich geworden. Wäre ich ganz bei mir gewesen, hätte ich bemerken müssen, wie sie die Lippen aufeinander presste und die dichten, energischen Augenbrauen zusammenzog, und ich wäre vielleicht mehr auf der Hut gewesen.

»Sie sind noch nicht überzeugt, wie?«, fragte sie, und ihr hoffnungsvoller Ton reizte mich, anstatt mich zu warnen.

»Nein, natürlich nicht«, erklärte ich heftig und wütend. »Wie könnte ich? Man überredet mich, einen Krankenwagen nach London zu schicken, um eine Frau zu holen, die ziemlich betrunken zu sein scheint, und sobald ich sie zu Gesicht bekomme, erkenne ich … nun, jedenfalls ist sie nicht die Person, die sie sein soll.«

»Ah«, sagte Rhoda und nahm einen Becher von der Anrichte, um uns vor dem Schlafengehen noch eine heiße Milch einzugießen, »Sie erinnern mich an Ihren Vater, wenn Sie so reden. Ich höre ihn förmlich. Er würde toben!«

»Das Erstaunlichste ist, dass sie ausgerechnet hierher nach Mapleford gekommen ist«, fuhr ich fort und ignorierte ihre Anspielung auf meinen Vater, obwohl etwas Tröstliches darin lag.

Sie schwieg eine Weile, den Krug in der Hand, und wandte mir dann ihr gerötetes Gesicht zu.

»Es gibt solche Zufälle im Leben. Das hab ich oft genug erlebt. Manche Leute nennen es Schicksal, andere Religion, aber was auch dahinter stecken mag, es kommt vor.«

Ich finde Rhoda schwer erträglich, wenn sie diesen Gesprächsstoff hervorholt. Er gehört zu ihren Lieblingsthemen, und dann ist sie nicht mehr zu halten. Ich ergriff meinen Becher und wandte mich zur Tür.

»Sie können davonlaufen«, sagte sie warnend, »aber entfliehen können Sie nicht. Das ist kein Zufall, es steckt wahrscheinlich mehr dahinter, als Sie ahnen. Und jetzt schlafen Sie sich erst einmal aus.«

In meiner Ahnungslosigkeit hielt ich das für ihre einzige vernünftige Bemerkung und ging mit dem Gefühl zu Bett, dort zumindest Ruhe zu finden.

Trotz meiner Besorgnis schlief ich fast im selben Augenblick ein, als ich mich zudeckte. Aber ehe ich in tiefen Schlaf versank, fielen mir noch zwei Dinge ein. Erstens, dass ich mich bei Rhoda nicht erkundigt hatte, was der Brief aus unserer alten Heimat für Neuigkeiten enthalten hatte, und zweitens, dass ich, durch die Patientin abgelenkt, vergessen hatte, Gastineau nach dem blauen Papierstreifen zu fragen, den ich auf seinem Schreibtisch gesehen zu haben glaubte. Selbst in meinem Halbschlummer bedrückte mich das, und als der Schlaf dann alles auslöschte, wusste ich noch immer nicht, wie ich die Sache anpacken sollte.

Für einen Sonntag begann der nächste Tag ganz normal. Das heißt, ich stand spät auf, mehr oder weniger absichtlich. Ich muss zugeben, ich verschiebe die schlimmsten schriftlichen Arbeiten – und sie nehmen neuerdings kein Ende – auf den Sonntagvormittag, und so nahm ich einen Haufen von Krankenhausberichten über Patienten in Angriff, die ich eingewiesen hatte. Es war etwa dreiviertel elf. Ich hatte Francia Forde keineswegs vergessen, versuchte jedoch, nicht an sie zu denken. Es ging ja nicht nur um Francia, sondern um die unerträglichen Erinnerungen, die sie wachrief. Ich war noch immer wie benommen von der Tatsache, dass sie plötzlich so nahe war.

Für das einzig Ungewöhnliche an diesem Morgen sorgte Rhoda. Ich dachte schon, sie wäre krank. Sie entwickelte eine solche Betriebsamkeit, als stünde der Frühjahrsputz vor der Tür, und zehn Minuten lang stritten wir uns, weil sie Einspruch gegen meine Kleidung erhob. Ich fühlte mich sehr behaglich in einer langen weiten Arbeitshose und einer losen Jacke, und ihre Bemerkungen über meine ›Schlampigkeit‹ und mein ›hübsches rotes Wollkleid oben‹ verwirrten mich. Am Ende gewann ich die Oberhand, indem ich darauf bestand, ihre Temperatur zu messen. Sie war normal, aber ihr Puls war ein bisschen schnell, und ich empfahl ein Beruhigungsmittel.

Danach ließ sie mich in Ruhe, aber verschiedentlich trat sie an die Hinterpforte hinaus, was unbegreiflich war, da man in Mapleford sonntags keine Besuche macht.

Das Geräusch eines vorfahrenden Wagens erfüllte

mich mit der Befürchtung, dass Gastineau schon wieder gekommen wäre, um mich zu holen. Er schien keine Ahnung davon zu haben, dass ein Arzt Sprechzeiten hat. Auch wenn die Patientin nicht in akuter Gefahr schwebte, mochte sie sich doch jetzt ziemlich elend fühlen, wie ich vermutete.

Ich erhob mich und huschte auf Zehenspitzen durch das Zimmer, um einen Blick aus dem kleinen Fenster zu werfen, das auf meinen schmalen Vorgarten hinausging, und mich innerlich vorzubereiten.

Ich schob die Gardine beiseite. Im nächsten Augenblick war ich wie versteinert. Jeder Nerv in meinem Gesicht zuckte, als hätte ich es gegen ein Netzwerk von geladenen Drähten gedrückt.

Vor der schmalen eisernen Pforte stand John Linnett.

Für eine Weile war es mir einfach unfassbar. Ich sah, wie er zögerte, einen Blick auf das Haus warf und dann mit Händen in dicken Fahrhandschuhen an der Klinke fummelte.

Er sah viel älter aus, und auf seinem Gesicht spiegelte sich etwas, was ich nie zuvor darauf wahrgenommen hatte: eine ängstliche Unruhe. Es mag absurd klingen, aber erst aufgrund der Veränderungen wusste ich, dass es John war.

Der Wagen, mit dem er gekommen war, ein niedriger staubbedeckter Roadster, stand auf dem Wege hinter ihm, leer, also war er allein. Natürlich! Die plötzliche Erklärung für seine überraschende Ankunft überrollte mich wie eine Welle. Er war gekommen, weil Francia sich in der Pfauenvilla befand und ich sie behandeln sollte. Mit einem Ruck nahm ich mich zusammen. Wäre ich überhaupt noch bei Verstande gewesen, so hätte ich mir sagen können, dass er früher oder später auftauchen würde.

Ich öffnete das Fenster. »Hallo, John!«

»Ann!«

Er kam mit ausgestreckten Händen durch den Garten gerannt. Ich bemerkte, wie mager er war und wie die Knochen in seinem Gesicht hervorstanden. »Mein liebes Mädchen, Gott sei Dank bist du wohlauf!«

Das war eine vollkommen unerwartete Begrüßung. Es warf mich fast um. Er griff durch das Fenster nach meinen Händen und blickte mich besorgt an.

»Was ist geschehen? Was ist los? Ich bin natürlich sofort gekommen.« Das ging über mein Begriffsvermögen. Meine Fröhlichkeit zerbröckelte einfach. Ich wusste nur, dass er da war und anscheinend durch das Fenster ins Haus zu gelangen versuchte.

Rhoda öffnete die Vordertür. Sie sagte etwas zu ihm, und im nächsten Augenblick stand er im Zimmer. Die nervöse Energie, die ich so gut an ihm kannte, war wieder spürbarer. In seinen schmalen Augen lagen Wachsamkeit und Besorgtheit.

»Du siehst ganz gesund aus«, meinte er erleichtert. »Du hast dich überhaupt nicht verändert, höchstens zu deinem Vorteil. Sogar abgenommen hast du. Was ist los, Ann? Was ist geschehen? Ich habe das Telegramm heute früh erhalten und bin gleich losgefahren.«

Ich konnte vor lauter Verwirrung nichts sagen. Rhoda, die im Türrahmen stand, machte eine Bewegung.

»Ich habe es geschickt.« Ihre Stimme klang ruhig, und ihr Gesicht war, bis auf einen schwachen Schimmer von

Streitbarkeit in ihren Augen, ausdruckslos. »Ich habe in Ihrem Namen telegrafiert, Miss Ann, weil sich Mr. John an mich vielleicht nicht erinnert hätte. Als Sie gestern Abend heimkamen und erklärten, Sie seien nicht überzeugt, hielt ich es für meine Pflicht.«

Die Bosheit des Ganzen raubte mir den Atem, aber völlig unerklärlich war mir, woher sie seine Adresse wusste. Sie kam sofort darauf zu sprechen, als hätte ich sie gefragt.

»Gestern habe ich aus Southersham einen Brief von meiner Nichte bekommen. Ich wollte Ihnen davon erzählen, aber Sie waren zu beschäftigt. Sie schrieb mir, dass Mr. John jetzt eine Stellung im Krankenhaus von Grundesberg in Northamptonshire haben soll, und so habe ich gestern Abend, nachdem Sie zu Bett gegangen waren, telefonisch ein Telegramm an ihn aufgegeben.«

Ich sagte nichts. Es gab nichts zu sagen. Sie starrte mich trotzig an und öffnete die Tür.

»Ich muss mich um das Essen kümmern«, meinte sie, als ob ich die Absicht gehabt hätte, es ihr zu verwehren. »Es gibt etwas Besonderes, weil ich mit Mr. John gerechnet habe. Sie essen doch immer noch gern Eierkuchen, Sir?«

»Natürlich«, erwiderte John zerstreut und wandte sich dann an mich. Er sah jetzt nicht mehr so besorgt aus, aber irgendwie ängstlich. »Ich dachte, du seist es gewesen, der telegrafiert hat«, sagte er. »Ich dachte, du brauchst mich. Im Telegramm hieß es nur: ›Komm bitte sofort‹. Sonst nichts weiter als dein Name und deine Anschrift.«

Es war seine Enttäuschung, die mir nahe ging. Sie war

so offensichtlich, dass ich davon angesteckt werden musste, auch wenn ich in allem, was ihn betraf, nur halb so empfindlich gewesen wäre. Ich merkte, dass ich ihn so gut kannte, als wären wir nie getrennt gewesen.

»Wenn du aus Grundesberg bis hier durchgefahren bist, musst du völlig erschöpft sein«, sagte ich hastig. »Setz dich: Ich bringe dir etwas zu trinken. Dann reden wir weiter über die ganze Sache.«

Er lachte das gleiche Lachen, das mir von Kindheit an vertraut war. »Ich bin nicht einmal rasiert. Man hat mich in aller Herrgottsfrühe aus dem Bett geholt. Worum geht es eigentlich? Wovon bist du nicht überzeugt?«

Ich kehrte ihm den Rücken zu, da ich einen Whisky mit Soda auf der Anrichte zurechtmachte.

»Rhoda ist über etwas erschrocken, was ich gestern Abend erwähnt habe.« Ich sagte das so betont nebenbei, dass es mir selbst gezwungen vorkam. »Ich wurde zu einer neuen Patientin gerufen, und es stellte sich heraus, dass es … Francia Forde war.«

»Oh!« Seine Interesselosigkeit war erschreckend. »Ist sie hier? Ich glaube, irgendwo gelesen zu haben, dass sie in einer Werbesendung als Fotomodell mitwirkt.«

Ich drehte mich um und blickte ihn ruhig an. Er nahm mir das Glas aus der Hand.

»Ich habe sie seit vier Jahren nicht mehr gesehen«, sagte er langsam. »An deiner Stelle würde ich mich von ihr nicht in irgendwelche Machenschaften verwickeln lassen, Ann. Sie ist gefährlich.«

Ich trinke gewöhnlich keinen Whisky, aber ich hatte mir ein Glas eingegossen und trank es in meiner Zerstreutheit nahezu aus und erstickte fast. Mit tränenden

Augen rang ich nach Luft und sagte das Erste, was mir in den Sinn kam.

»John, was ist mit dir passiert?«

Er wich meinem Blick nicht aus, aber er schien sich zu schämen und hatte sogar Angst. Er wirkte elend und verzweifelt.

»Eine lange Geschichte, Ann.«

Das war alles, aber plötzlich wusste ich Bescheid, ziemlich genau sogar, wie mir schien.

Rhoda kam herein, um den Tisch zu decken. Sie tat sehr beschäftigt und mimte die musterhafte Haushälterin, schlug die Augen nieder und trug die hölzerne Miene eines Menschen zur Schau, der sich aus einer von ihm heraufbeschworenen peinlichen Situation völlig zurückgezogen hat.

Weil mich so sehr danach verlangte, mit ihm zu sprechen, und weil es mir am einfachsten schien, bat ich John, mir etwas über das Krankenhaus in Grundesberg zu erzählen.

»Zu wenig Personal und überfüllt. Das Übliche in einem solchen Bezirk«, erklärte er leichthin. »Gerade das Richtige, um die Arbeit von allen Seiten kennen zu lernen. Vor achtzehn Monaten wurde ich aus dem Heer entlassen, und seitdem bin ich dort.«

»Aber ich dachte ...«, begann ich, und es rutschte mir heraus, ehe ich innehalten konnte, »ich dachte, du wärst schon 1945 entlassen worden.«

»Nein«, sagte er kühl. »Damals hab' ich Sonderurlaub erhalten. Und einen gottverdammten Narren aus mir gemacht. Aber danach hab' ich mich wieder zurückgemeldet und bin nach dem Fernen Osten gegangen.«

»Daher das – Schweigen«, murmelte ich.

Er sagte kein Wort. Er blickte mich nicht einmal an. Rhoda kam uns zu Hilfe durch einen bemerkenswerten Auftritt, die silberne Suppenterrine, die wir sonst nie benützen, hoch erhoben in den Händen haltend.

Das Essen war eine Offenbarung. Ich wusste, dass sie geheime Vorräte für Weihnachten – oder vielleicht für einen neuen Krieg – aufbewahrte, aber ich konnte nicht ahnen, dass sich daraus etwas Derartiges zubereiten ließ. Sie servierte und spielte ihre Rolle großartig, halb Empfangschef vom Ritz, halb Oma auf einer Kindergesellschaft.

John fand Gefallen daran. Ich hatte in unserer Kindheit oft Ähnliches erlebt. Er zog die Stacheln ein und wurde gesprächiger. Er lachte und neckte uns beide ohne Unterschied. Niemand erwähnte das Telegramm, ich glaube, wir vergaßen es absichtlich. Das Ganze war wie eine göttliche Fügung, ein Atemschöpfen an einem heiligen Zufluchtsort – etwas, was vielleicht nie wiederkam.

Nach dem Essen saßen wir am Feuer, während draußen die Schatten länger wurden. Es gab so viel aus der Gegenwart zu erzählen, dass wir von nichts anderem zu reden brauchten, und wir saßen und knabberten Haselnüsse, die Rhoda uns auftischte, und waren so zufrieden wie damals zu Hause in Southersham.

Dann verdarb ich alles. Wir sprachen von seinem Leben in Grundesberg, und er gab mir eine äußerst komische Schilderung von der Wohnung, die er mit dem anderen Chirurgen teilte, als ich plötzlich ohne jeglichen Anlass fragte: »Bist du immer noch mit dieser Frau verheiratet, John?«

Es war, als brächte man eine bunte Seifenblase zum

Zerplatzen. Das Licht ging aus in unserer kleinen vorgetäuscht friedlichen Sonntagnachmittagswelt.

»Ja«, sagte er und fügte tonlos hinzu: »Ich nehme es an.«

Ich schwieg. Nach einer ganzen Weile fing er an zu sprechen. Zuerst hörte ich kaum, was er sagte, weil ich von einem panischen Schrecken über die Entdeckung ergriffen war, dass sein Hiersein denselben Unterschied für mein Leben ausmachte wie Farbe für eine Landschaft. Es hatte schon seinen Sinn. Nie zuvor hatte ich zu glauben gewagt, dass sich dies zutragen könnte.

»Wenn ich dir nicht alles erzähle, so sähe es aus, als wollte ich mein Verhalten rechtfertigen«, sagte er, »und es gibt keine Entschuldigungsgründe dafür. Als ich merkte, was ich angerichtet hatte, hielt ich mich für geisteskrank und verschwand. Ich wollte wegbleiben, und es gelang mir auch ...« In einer plötzlichen Aufwallung wandte er sich mir zu: »Verdammt, Ann, mit mir war alles in Ordnung, bis ich dieses Telegramm erhielt.«

»Mit mir auch.« Es entfuhr mir, ehe ich es verhindern konnte.

Er stand schwerfällig auf, trat an meinen Stuhl, presste seine raue Wange in meinen Nacken und packte meine Schultern mit seinen kräftigen Händen. Ich griff in sein Haar und drückte ihn an mich. Mein Herz tat einen Sprung.

Percy Ludlow musste zweimal an die Fenstertür klopfen, ehe wir ihn hörten. Im Zimmer war es zwar schon ziemlich dunkel, aber er ist nicht gerade blind. Er war rot im Gesicht und verlegen, als ich ihn endlich einließ.

Er war über die Wiese gekommen mit einem Bündel

Schriftstücke, die uns unsere Existenz verleiden, und wollte sie mir zuerst nur in die Hand drücken und wieder gehen, aber ich zwang ihn einzutreten und stellte ihn vor.

»Das ist Dr. Ludlow, John«, sagte ich. »Wie ich dir erzählt habe, bin ich seine Assistentin. Und das ist Dr. Linnett, Dr. Ludlow. Wir sind in Southersham zusammen aufgewachsen.«

Percy schaute mich von der Seite an.

»Ich habe den Eindruck gewonnen, dass Sie alte Feunde sind«, erklärte er förmlich. »Mir ist nicht recht klar, warum ich nicht schon früher von Ihnen gehört habe, junger Mann. Nun ja, Dr. Fowler ist eine sehr verschlossene junge Frau – äußerst verschwiegen.«

Ich rechnete schon damit, dass er sich jeden Augenblick erkundigen würde, ›wie lange das mit uns schon gehe‹, aber ich nötigte ihn auf einen bequemen Stuhl und wollte mich gerade um den Tee kümmern, als Rhoda ohne Zeremonie hereinkam.

»Sie haben wohl das Telefon nicht gehört?«, sagte sie. »Es ist der Herr aus der Pfauenvilla. Sie möchten sofort zu ihr kommen. Er würde Sie sonst holen.«

»Was ist los? Ist das der Ausländer?«, fragte Percy.

Rhoda, die ihn nicht bemerkt hatte, fuhr erschrocken zusammen.

»Mr. Gastineau.«

Ich beobachtete John scharf, um festzustellen, ob er den Namen kennen würde, aber offensichtlich bedeutete er ihm nichts. Er stand mit erhobenem Kinn vor dem Feuer und gab sich keine Mühe, den strahlenden Ausdruck in seinen Augen zu verbergen.

Percy brummte: »Jetzt auch noch eine Frau dort?«

»Soweit ich informiert bin, handelt es sich um eine Madame Maurice«, erklärte ich vorsichtig. »Er hat sie gestern aus London hierher gebracht und mich noch spät in der Nacht geholt, weil ich sie behandeln sollte. Ich hatte den Eindruck, dass sie vor allem betrunken war.«

»Höchstwahrscheinlich.« Er reckte sein Kinn, um sein Misstrauen gegen die Millionen von Menschen auszudrücken, die es versäumt hatten, in der nächsten Nähe von Mapleford zur Welt zu kommen. »Vielleicht sollten Sie doch besser hinfahren, eh?«

Das sah ihm ähnlich. Erst machte er mir Vorwürfe, dass ich überhaupt in die Pfauenvilla ging, und nun bestand er darauf, dass ich auf den ersten Anruf sofort reagierte.

Es reizte mich, weil ich den ganzen Tag auf einen Anruf von Gastineau gewartet hatte, und da ich überzeugt war, dass dort niemand an einer ernsthaften Krankheit litt, hatte ich mir vorgenommen, Wells dazu zu bewegen, den Besuch für mich zu machen. Wells ist ein freimütiger junger Mann, und es schien mir, dass sein Auftreten für alle Beteiligten sehr heilsam sein würde. Percy machte das unmöglich. Wenn ich mich auf Erklärungen einließ, hätte er nur daraus gefolgert, dass Gastineau mir zu nahe getreten sei, und nichts hätte ihn davon abbringen können.

Rhoda verschlimmerte das Ganze noch, indem sie bemerkte, dass ›der Ausländer‹ keinen abschlägigen Bescheid entgegennehmen würde.

Percy nickte mir zu. »Ziehen Sie sich einen christlichen Rock an, fahren Sie hin und bringen Sie die Sache in Ordnung«, erklärte er fröhlich. »Dr. Linnett und ich rauchen ein bisschen, bis Sie zurückkommen. Es dauert ja doch nur höchstens zehn Minuten.«

Über Percys Unverfrorenheit wunderte ich mich schon lange nicht mehr. Ich wusste, dass er eine heimliche Liebschaft zwischen mir und Gastineau vermutete und neugierig war. John würde in meiner Abwesenheit etwas erleben, und ich konnte nur hoffen, dass er sich einem Katechismus dieser Art gewachsen zeigte.

Es gab mir einen Stich, als ich daran dachte, dass er bei Percy – einem anderen Mann und einem Fremden – mehr aus sich herausgehen würde als bei mir, und dass ich vieles über ihn erst aus zweiter Hand erfahren würde. Dennoch glaubte ich, das meiste davon schon zu ahnen.

Jedenfalls zog ich mich so schnell wie noch nie in meinem Leben um und war in fünf Minuten unterwegs.

Es war, als hätte sich die ganze Welt plötzlich ins Wunderbare verwandelt. Ich wusste keine Einzelheiten über John und Francia, ich wusste nur das eine, und das war mir am wichtigsten: Er liebte mich noch immer. Ich hatte nie daran gezweifelt. Was auch geschehen sein mochte, es bedeutete mir nichts. Was mir auch bevorstand, es war mir egal. Wie groß die Schwierigkeiten auch sein mochten, ich war überzeugt, dass wir sie überwinden würden. Der Gedanke, dass ich etwas zu verzeihen hätte, kam mir gar nicht in den Sinn.

Ich sang vor mich hin, als ich den Heckenweg entlangfuhr. Und als ich an Miss Luffkins Haus vorüberkam, winkte ich, ob sie nun am Fenster stand oder nicht, und stoppte dann so scharf vor der Pfauenvilla, dass die Bremsen kreischten und der Kies umherwirbelte.

Radek öffnete mir die Tür. Sein Englisch war mehr als mangelhaft, doch zum Ausgleich verbeugte er sich tief. »Kommen Sie, bitte.« Er führte mich zur Treppe.

Ich eilte hinauf mit einer Ungeduld, wie ich sie seit meinen Studentenjahren nicht mehr empfunden hatte.

Grete öffnete die Schlafzimmertür. Mir fiel auf, dass sie sehr blass war. Drinnen war es nicht so dunkel wie am Abend zuvor. Durch die Fenster drang noch immer etwas Helligkeit, und neben dem Bett brannte eine Lampe, doch als Gastineau sich aus dem Schatten am Kamin erhob, überrumpelte er mich. Ich hatte nicht erwartet, dass er dort im Halbdunkel säße.

Als er mir entgegentrat und gerade etwas sagen wollte, vernahm ich vom Bett her Laute, die mir ein Frösteln verursachten. Ich wandte mich abrupt von ihm ab, so dass er mit ausgestreckter Hand stehen blieb, und trat an das Bett.

Francia Forde lag flach auf dem Rücken. Auf ihr Gesicht fiel der volle Schein der Leselampe.

Sie war bewusstlos und atmete sehr langsam und röchelnd. Ihr Gesicht war bis zur Unkenntlichkeit gerötet, so stark war der Blutandrang. Ich ergriff ihre Hand, sie fühlte sich kraftlos und schlaff an wie die einer Puppe. Niemand kam in meine Nähe, als ich meine Patientin untersuchte. Ich beeilte mich, verfuhr aber so gründlich wie nur möglich, und jede neue Entdeckung erfüllte mich mit größerer Bestürzung.

Sie hatte keine Reflexe. Ich konnte es kaum fassen. Ich machte eine Stichprobe nach der anderen und winkte Grete zur Unterstützung heran. Es war zwecklos.

Ich prüfte ihre Augen und fand, dass die Pupillen halb

vergrößert waren, was mir rätselhaft erschien. Sie hatte keine nennenswert erhöhte Temperatur.

Meine Verwirrung nahm zu. Dies war keine logische Folge des Zustandes, in dem ich sie vor etwa achtzehn Stunden angetroffen hatte. Ich besaß zwar nicht Percys große Erfahrung, aber ich fühlte mich der Lage gewachsen. Ein so großer Irrtum wäre mir nie unterlaufen. Um Mitternacht hatte diese Frau an einer akuten Alkoholvergiftung gelitten, nichts Ernsthaftes und leicht zu diagnostizieren. Jetzt lag sie in einem tiefen Koma, das nur ihr Ende bedeuten konnte, wenn nicht ein Wunder geschah.

Ich stellte Grete einige Fragen, die sie prompt beantwortete, und mein Verdacht wurde zur Gewissheit.

»Wie lange atmet sie schon so?«, erkundigte ich mich.

Die Frau zuckte die Achseln. Ihre Miene blieb völlig ausdruckslos. Ich stellte die entscheidende Frage.

»Was hat sie tagsüber eingenommen?«

Diesmal tat Grete, als verstünde sie mich nicht. Sie wandte sich an Gastineau, der in den Lichtkreis der Leselampe trat.

»Heute früh war sie sehr erregt«, begann er leise, »fast unzurechnungsfähig. Niemand konnte etwas mit ihr anfangen. Schließlich schlief sie ein. Zuerst hat sich keiner von uns irgendwelche Gedanken darüber gemacht, aber um vier kam Grete herauf, und dann begannen wir, uns Sorgen zu machen.«

Sie nickte lebhaft und wandte sich ab. Erst als sie die Tür leise zumachte, merkte ich, dass sie das Zimmer verlassen hatte.

»Ich werde sie noch brauchen«, murmelte ich. »Rufen

Sie sie bitte zurück. Ich fürchte, Madame Maurice ist sehr krank.«

Meine Eröffnung überraschte ihn nicht. Unsere Blicke begegneten sich.

»Ich werde gleich läuten. Aber vorher muss ich Ihnen noch etwas sagen, Doktor.« Er warf einen Blick auf das Bett. »Sie wissen doch, wer diese Frau in Wirklichkeit ist?«

Ich schwieg etwas zu lange und hörte ihn aufseufzen.

»Natürlich wissen Sie es. Sie haben sie schon gestern Abend erkannt. Francia Forde, eine unserer prominentesten Filmschauspielerinnen. Ein sehr bekanntes Gesicht.«

Er jagte mir einen furchtbaren Schrecken ein, nicht weil mir das neu gewesen wäre, sondern weil sich seine Haltung mir gegenüber grundlegend geändert hatte. Ich sah keinen anderen Ausweg, als mich höchst professionell zu gebärden.

»Ich glaube nicht, dass ihre Identität im Augenblick von Bedeutung ist«, erklärte ich entschieden. »Es handelt sich einzig und allein um ihr Befinden. Ich sage Ihnen ganz offen, dass sie etwas zu sich genommen haben muss, seit ich sie zuletzt gesehen habe, etwas – wie soll ich es ausdrücken? – etwas sehr Narkotisches, und wenn wir ihr Leben retten wollen, muss ich wissen, was es war. Drücke ich mich klar genug aus?«

Sobald ich es ausgesprochen hatte, merkte ich, dass alles falsch lief. Er zeigte nicht die geringste Gefühlsregung. Er war weder erschreckt noch besorgt, nicht einmal besonders interessiert.

»Vielleicht haben Sie Recht«, sagte er ruhig. »Sie war

in einer sehr seltsamen Verfassung. Ich konnte sie nur mit Mühe überreden, mit mir in den Krankenwagen zu steigen, für den Sie freundlicherweise gesorgt hatten.«

Ich konnte es kaum glauben, aber auf seinen letzten Worten lag eine eigenartige Betonung, die mich beunruhigte. Gewiss, ich hatte den Krankenwagen für ihn bestellt, und aus verschiedenen Gründen wusste das halbe Städtchen davon. Doch das wäre nicht weiter schlimm gewesen, wenn nicht ...

Der Gedanke, der mir durch den Kopf ging, war so phantastisch, dass ich ihn sofort verwarf. Von Zeit zu Zeit wurden Menschen entführt, wie ich aus der Presse wusste, aber wenn das geschah, brachte man sie wohl kaum in so gewöhnliche Orte wie Mapleford, und es steckten kaum so durchschnittliche Leute dahinter wie Gastineau.

Er beobachtete mich eine Weile und sagte dann etwas, was mich traf wie ein Schlag, so dass sich mir fast die Haare sträubten.

»Ich habe mich überhaupt nur Ihretwegen in Mapleford niedergelassen, Doktor. Wussten Sie das?«

»Nein«, erklärte ich, »und ich kann mir nicht denken –«

»Entschuldigen Sie, wenn ich Sie unterbreche.« Seine Stimme klang sanft, sogar angenehm. »Ich weiß, wie viel Ihnen daran liegt, in Ihrem Beruf voranzukommen. Ich möchte Ihnen nur sagen, dass ich überzeugt war, Sie würden Francia Forde sofort erkennen, und außerdem hatte ich das Gefühl, dass Sie es gutheißen würden, wenn ich sie unter einem anderen Namen hier einführte. Solche Dinge erfordern eine gewisse Diskretion, glaube ich.«

»Ich habe Miss Forde gestern Abend zum ersten Mal gesehen«, begann ich tapfer.

»Das wohl.« Er lächelte, als kläre er mich über irgendeine kleine gesellschaftliche Formalität auf. »Aber Sie wussten von ihr und hatten allen Grund – wie wollen wir es ausdrücken? – viel an sie zu denken.«

Wir schwiegen lange.

Er schaute mich an, wie es immer seine Art gewesen war, vorgebeugt, steif und auf ruhige Weise höflich.

»Ich gehe wohl nicht fehl in der Annahme, dass Sie es abgelehnt haben würden, etwas mit Madame Maurice und ihrer Krankheit zu tun zu haben, wenn Sie gewusst hätten, wer sie in Wirklichkeit ist. Sie sind sich doch klar, dass Sie sich selbst ziemlich kompromittiert haben, nicht wahr, Doktor Fowler?«

War ich mir wirklich klar darüber? Francia Forde würde an einer Dosis Gift sterben, die sie entweder selbst genommen oder die ihr der schreckliche Mann da vor mir eingeflößt hatte. Wenn es je zu einer Untersuchung kommen sollte, musste der Verdacht zuerst auf mich fallen, da ich nicht nur Grund hatte, sie zu hassen, sondern seit diesem Nachmittag auch noch bestrebt sein musste, sie aus dem Wege zu schaffen.

Von welcher Seite ich es auch ansah, alle Vorkommnisse der letzten paar Tage schienen mich zu belasten.

Ich nahm mich zusammen. »Ich muss Sie bitten, einen anderen Arzt zu konsultieren.« Die oft gebrauchte Redensart kam so kläglich heraus, dass ich meine Stimme kaum wiedererkannte. »Da Sie – da Sie so gut informiert sind, werden Sie einsehen, dass ich unter diesen Umständen die Verantwortung nicht gut übernehmen kann.«

»Aber natürlich können Sie, und natürlich wollen Sie.« Er redete mit mir wie mit einem verängstigten Kind, das sich vor einer Prüfung fürchtet. »Sie werden Ihr Äußerstes tun für meine arme Freundin, Madame Maurice – die Witwe eines osteuropäischen Flüchtlings. Ich fürchte, die Angelegenheit wird sich in die Länge ziehen. Unter Umständen kommt sogar eine Lungenentzündung hinzu, und wenn das Schlimmste eintreten sollte, dann wissen wir, dass eine durch Alkohol geschwächte Konstitution einer akuten pulmonalen Infektion oft erliegt. Trifft das zu oder nicht?«

Er redete im Ton eines medizinischen Nachschlagewerkes und versuchte mir eine Formel in den Mund zu legen, die sich auch auf einem Totenschein ordentlich ausnehmen würde.

Ich starrte ihn an. Nur das röchelnde Atmen vom Bett her überzeugte mich, dass ich wach war und das alles wirklich erlebte.

Er forderte mich auf, einen Mord stillschweigend zu dulden! Mehr noch, es war eine Drohung. Meine Laufbahn, selbst mein Leben stand auf dem Spiel.

»Das ist ja Unsinn«, murmelte ich. »Sie machen einen Fehler. Ich muss Sie bitten, ans Telefon zu gehen und einen anderen Arzt zu rufen. Jemand muss diese Frau sofort behandeln, ich komme dafür nicht in Betracht.«

»Glauben Sie das wirklich?«

Indem er sprach, streckte er den Arm aus und ließ mir etwas in die Hand gleiten.

Ich warf einen Blick darauf. Es war das Dormital-Fläschchen, und es war leer.

2

In dem großen Schlafzimmer mit den schwarzen glänzenden Balken an der niedrigen Decke und seinen rautenförmigen Fensterscheiben, durch die das letzte Tageslicht fiel, wurde es sehr still.

Das Feuer flackerte im Kamin. Eine Kohle fiel mit unheimlichem Knistern durch den Rost. Peter Gastineau rührte sich nicht. Er stand nicht weit von mir entfernt und blickte mich ausdruckslos und ruhig an. Unten klapperte jemand mit Geschirr, Schritte waren zu hören, und eine Tür fiel ins Schloss. Ich starrte unverwandt auf das Fläschchen in meiner Hand. Ich hatte noch nie so schnell und so klar gedacht. Und es war ganz natürlich, dass ich in dieser misslichen Lage zuerst als Arzt handelte. Jetzt, da ich wusste, um was es ging und was dem schnarchenden Menschenbündel im Bett widerfahren war, traten alle anderen Erwägungen in den Hintergrund. Die Flasche hatte fünfzig Tabletten enthalten, jede ein drittel Gramm. Ich blickte Gastineau an.

»Wo haben Sie das her?«

»Von einem Regal im Badezimmer.« Er wies auf eine Tür, die ich für eine Schranktür gehalten hatte. »Ich habe es natürlich nie gesehen.«

Jetzt spielte er wieder den Besorgten und überließ alles mir. Es war, als hätte unser Wortwechsel kurz vorher nie stattgefunden.

Wie jeder Arzt bestätigen kann, hätte ich in diesem Augenblick die Flucht ergreifen sollen. Das wäre das Einzige gewesen, was mich hätte retten können. Wäre ich nicht dageblieben, sondern zu Percy, zur Polizei oder irgendwohin sonst gelaufen, hätte ich vielleicht meine eigene Haut gerettet, aber die Frau wäre unweigerlich gestorben.

Ich lief also nicht davon. Für die Patientin bestand noch eine kleine Chance. Manche Leute hatten schon eine stärkere Dosis überlebt.

Was den Mann vor mir anging, so stand nicht einwandfrei fest, ob er ein Mörder war, ob es sich bei dem Dormital um meine verlorene Packung handelte und ob er mich bewusst getäuscht hatte. Wäre es um die Krankengeschichte eines Patienten gegangen, hätte ich das Beweismaterial, das ich bisher besaß, zur Grundlage meines Handelns machen müssen.

Aber ich will ganz ehrlich sein: Genau das tat ich nicht. Ich hatte keine Angst vor Gastineau, ich kannte ihn und glaubte mit ihm fertig werden zu können. So entschloss ich mich, die Polizei nicht einzuschalten und keinen Krankenwagen zu bestellen, und lief geradewegs in eine Falle.

»Wir müssen sofort eine erfahrene Pflegerin holen lassen«, sagte ich.

Er seufzte auf, spürbar erleichtert. Das hätte mir die Augen öffnen müssen. Es war meine letzte Chance, die letzte Warnung. Aber ich begriff es nicht.

»Wo ist das Telefon?«

»Unten in der Diele, aber in meinem Wohnzimmer ist noch ein Apparat. Kann ich etwas tun?«

»Ja, bitte. Verbinden Sie mich mit Mapleford 234, ich komme sofort hinunter.«

Sobald er das Zimmer verlassen hatte, trat ich an die Tür. Wie ich gehofft hatte, steckte der Schlüssel. Ich schloss die Patientin ein und ging dann hinunter. Ich bildete mir ein, dass es so am einfachsten sein würde.

Das Telefon befand sich beim Eingang. Als ich näher trat, machte Gastineau mir Platz und reichte mir den Hörer. Er ließ mich jedoch nicht allein. Ich hörte ihn im Hintergrund atmen, ohne dass ich ihn sehen konnte. Ich hatte ihm Schwester Tooleys Nummer gegeben. Als ich ihre Stimme vernahm, wurde mir wohler.

»Hier ist die Pfauenvilla, Schwester«, begann ich. Ich sprach sehr leise und hoffte, dass sie richtig reagieren würde. »Können Sie sofort herkommen und eine Nachttasche mitbringen? Lassen Sie am besten Ihre Telefongespräche zu Schwester Phillips umlegen. Es dauert unter Umständen eine ganze Weile.«

»Etwas Ernstes, Doktor? Ich bin sofort da.«

Ich war sehr froh, dass sie sich so schnell in alles schickte, und hoffte, dass ich sie nicht gefährdete.

»Soll ich irgendetwas mitbringen?«

»Ja«, sagte ich. »Wenn Sie rasch einmal in mein Sprechzimmer schauen könnten und … Schwester?«

»Bitte?«

»Könnten Sie die Apparatur mitbringen, mit der wir vor einiger Zeit den jungen George Roper behandelt haben? Entsinnen Sie sich?«

Sie stieß einen überraschten Ausruf aus.

»Am Tage, als …? Lieber Himmel, ja. Jemand hört Ihnen zu, wie? Rechnen Sie mit Unannehmlichkeiten?«

»Ich weiß nicht«, log ich, »aber die Sache eilt. Gehen Sie in mein Sprechzimmer, und packen Sie alles ein. Ich werde veranlassen, dass Mr. Gastineau den Wagen schickt, um Sie abzuholen.«

»Seien Sie unbesorgt, ich bin bestimmt da.«

»Vielen Dank«, sagte ich und legte auf. Dann streckte ich meinen Kopf um die Ecke. »Würden Sie bitte den Wagen schicken?«

Gastineau stand ein paar Schritte von mir entfernt, Hände in den Hosentaschen, den Kopf gesenkt. Er blickte rasch auf, und um seinen Mund lag ein kaum wahrnehmbares Lächeln.

»Meinen Sie wirklich, dass das etwas nützen wird?«

Es war eine ruhige, kameradschaftliche Frage, als wären wir bereits Komplicen, und eine Anspielung auf die Tatsache, dass wir allein waren, was mir, nach meiner Entscheidung, hier auszuharren, den ersten Schlag versetzte.

Ich unterdrückte eine Erwiderung und zuckte die Achseln, wobei ich mir wie ein Verbrecher vorkam.

»Wir müssen alles versuchen.«

»Selbstverständlich, Doktor.« Er warf mir einen eigenartigen, halb bewundernden Blick zu. »Ich werde Radek rufen. Sie können ihm selbst Ihre Anweisungen geben.«

Für die Patientin konnte ich bis zum Eintreffen der Schwester nichts weiter tun. So wartete ich, bis Radek wegfuhr, holte dann meine Tasche aus dem Wagen und ging nach oben. Im Befinden der Patientin war keine Veränderung eingetreten. Ich erwartete auch keine. Ihr Herz hielt aus, und ich fand, dass ich recht daran getan hatte, sie nicht ins Krankenhaus bringen zu lassen. Symptome einer Lungenentzündung waren bis jetzt nicht zu erkennen, und ich würde auch keine heraufbeschwören, indem ich ihre Lage auch nur um einen Zentimeter veränderte. Alles, was zu tun war, und das war eine ganze Menge, musste hier in diesem Raum geschehen.

Es war dunkel geworden, ich zog die Gardinen zu und schaltete das Licht an, froh, dass es brannte in diesem alten, dunklen Schlafzimmer, das Generationen von Geburten und Todesfällen in seinen vierhundert Jahren erlebt haben musste.

Etwas war noch zu erledigen, ehe die Schwester eintraf, und ich machte mich daran. Ich durchsuchte das Zimmer wie ein Polizist, aber sämtliche Koffer, die sie mitgebracht haben mochte, waren, wie vorauszusehen, weggeschafft worden. Die Schubfächer in der Kommode waren leer. Im Schrank hing kein einziges Kleid, und auf dem Putztisch lag nicht einmal eine Puderquaste, ein Kamm oder eine Haarnadel, gar nichts. Ich nahm auch das Badezimmer in Augenschein. Es war nichts weiter als einer jener riesigen Schränke, wie man sie oft in alten Häusern in einem Alkoven einbaut. Es war mit grünen Kacheln verkleidet und sehr geschickt eingerichtet mit einem Fensterchen hoch über der Badewanne. Hier schien es kaum Platz genug zu geben, um irgendetwas zu verstecken, und dennoch fand ich etwas. Unten auf dem Fußboden, in dem Winkel zwischen der Badewanne und dem Fuß des Waschbeckens, lag ein Plastikbeutel, der unbemerkt geblieben war, weil er dieselbe Farbe hatte wie die Kacheln; der flache Beutel stand gegen die Wand gelehnt, halb verdeckt von einem pastellfarbenen

Handtuch. Ich stürzte mich darauf und öffnete den Reißverschluss. Der Beutel enthielt ein durchnässtes Bündel Gesichtshandtücher, Seife und allerlei Kleinigkeiten.

Das erste, was ich herauszog, war eine Nagelbürste, kunstvoll gearbeitet, aber natürlich klebrig wie alles andere. Ich drehte sie mit zwei Fingern um und betrachtete sie genauer. Auf der Rückseite war ein Monogramm eingelassen, grüne Buchstaben: F. F. – Francia Forde.

Ich träumte also nicht, das Ganze war Wahrheit. Es lag etwas derart Persönliches in dieser Kennzeichnung, dass es mir die Tatsachen stärker zu Bewusstsein brachte, als es andere Dinge vermocht hätten. Was auch immer die Erklärung für diese verrückte Angelegenheit sein mochte:

Fest stand, dass es sich um Francia handelte und dass ich ihr Leben auf irgendeine Weise retten musste.

In diesem Moment merkte ich, dass sich jemand an der Tür zu schaffen machte, und gleich darauf klopfte es. Ich steckte die Bürste wieder in den Beutel und ließ ihn fallen, wo ich ihn gefunden hatte. Wenn ich so viel Verstand gehabt hätte, ihn noch gründlicher zu untersuchen, hätte mir das sehr viel weitergeholfen, aber wie die Dinge lagen, eilte ich hinaus und öffnete die Tür. Draußen standen Schwester Tooley und Radek, der ihr Gepäck trug.

Ich habe Schwester Tooley schon oft in den schwierigsten und heikelsten Situationen erlebt, und wie gewöhnlich empfand ich ein Gefühl tiefer Dankbarkeit. Sie trug die mitgebrachten Sachen ins Zimmer, ohne Radek eintreten zu lassen. Ihre Bewegungen waren rasch und geschickt, und dennoch steckte die Kraft eines Traktors dahinter. Als sie sich bückte, fiel mir auf, wie breit und kräftig sie in den Hüften war.

Sobald Radek verschwunden war, machte sie die Tür sehr leise zu und drehte den Schlüssel mit einem Blick auf mich im Schloss herum. Dann legte sie ihren Mantel ab, öffnete die Bänder ihrer Haube und warf einen forschenden Blick auf das Bett.

»Was ist denn hier los?«

Ich störte sie nicht in ihrer Betrachtung und sah, wie sich ihre Stirn furchte. Als sie mich wieder anschaute, gab es mir einen Stich; ich spürte, dass sie Angst hatte.

»Was hat sie denn nur genommen, um Gottes willen?«

»Irgendeine Mixtur aus Barbitursäure«, sagte ich kurz, und es war das erste Mal, dass ich Schwester Tooley ausweichend antwortete.

»Du lieber Himmel!« Sie war bestürzt und voller Missbilligung. »Ich hatte gedacht, dass es sich um eine andere Art von Vergiftung handelte, ähnlich wie bei dem kleinen Roper, den Sie erwähnten.«

Sie spielte auf einen hektischen Nachmittag an, den wir zusammen verbracht hatten mit der Behandlung von Mrs. Ropers Jüngstem, der Tollkirschen gegessen und uns viel Kummer bereitet hatte, ehe er außer Gefahr war.

»Ich wünschte, es wäre so«, sagte ich unwillkürlich. »Aber die Anfangsbehandlung ist dieselbe.«

»Natürlich«, gab sie mit jener herzerquickenden Ergebenheit zu, die ich so gut kannte.

Wir machten uns sofort an die Arbeit. Die Schwester

hatte meine Worte genau befolgt und ›alles mitgebracht‹. Wir brauchten von den Hausbewohnern niemand in Anspruch zu nehmen. Wir hatten ein Feuer, und wir hatten heißes Wasser; für den Rest hatte sie gesorgt.

Es mussten fast zwei Stunden vergangen sein, ehe wir ein Wort wechselten, das nichts mit der Behandlung der Patientin zu tun hatte. Das Gift, das die Kranke im Körper hatte, musste längst bis auf den letzten Rest absorbiert worden sein. Ich vollendete die Arbeit und wartete begierig auf irgendwelche Anzeichen von Besserung.

Francia lag mit geschlossenen Augen flach auf dem Rücken; ihr Atem ging noch immer rasselnd. Als ich ihr Herz abhorchte, wurde mir beinah übel. Trotz der Kreislaufmittel, die ich ihr gegeben hatte, schlug es nur noch schwach.

Wir konnten im Augenblick nichts weiter tun als warten. Die Schwester räumte im Zimmer auf. Ich wusste, dass ich ihr jetzt unbedingt ein Wort der Erklärung sagen musste, und als ich zögerte, fiel mein Blick auf das Dormital-Fläschchen, das noch immer auf der Kommode stand.

Auf der blankpolierten Platte standen ein paar Zierstücke, unter anderem eine Porzellanschale und ein kleiner glänzender Krug. Ich ergriff das Fläschchen und ließ es sicherheitshalber in den Krug gleiten. Es war praktisch eine Reflexhandlung. Ich hatte nicht die Absicht, etwas zu verheimlichen, doch als die Schwester sich umdrehte und mich mit ausgestreckter Hand dastehen sah, stieg mir das Blut ins Gesicht. Ich konnte es nicht ändern.

Sie ließ sich nichts anmerken. Sie wirkte ruhig und gesammelt wie immer und zog sich einen Stuhl ans Feuer.

»Verschnaufen Sie ein bisschen, Frau Doktor«, schlug sie vor, und ihre Stimme mit dem irischen Akzent klang weich und ungezwungen. »Sie haben schwer gearbeitet, und im Augenblick können wir für die Ärmste doch nichts weiter tun.«

Es war eine Aufforderung, mich auszusprechen, aber ich stand so mit ihr, dass ich nicht darauf einzugehen brauchte, wenn ich nicht wollte, das wusste ich. Ich ging hinüber, setzte mich, und sie musterte mich besorgt.

»Sie haben sich etwas übernommen«, bemerkte sie. »Sie sind weiß wie ein Laken. Wollen Sie nicht lieber für ein Weilchen nach Hause fahren und einen Happen essen? Ich bleibe inzwischen hier, und wenn Sie meinen, es wäre ratsam, die Tür verschlossen zu halten, richte ich mich danach.«

Sie drang nicht weiter in mich und ließ es darauf ankommen, wie weit ich sie ins Vertrauen ziehen wollte, und in diesem Augenblick wusste ich, warum ich sie und niemand anderen hergerufen hatte. Sie war meine Versicherung gegen jede Schwäche, die in mir auf der Lauer liegen mochte. An ihrer Seite brauchte ich nur das zu tun, was mein Beruf von mir verlangte und was korrekt war, welche Folgen es auch immer haben würde. Ich hatte Achtung vor ihr und traute ihr mehr als mir selber.

»Ich möchte nicht gern, dass die Patientin sich selbst überlassen bleibt«, sagte ich schließlich, »es sei denn, dass die Tür verschlossen ist und der Schlüssel sich entweder in Ihrer oder in meiner Tasche befindet.«

Das war eine ziemlich unumwundene Feststellung und konnte nur eins bedeuten. Sie nahm es mit einem Kopfnicken hin.

»Solange ich hier bin, kommt dem armen Wurm bestimmt keiner zu nahe, darauf können Sie sich verlassen.« Nach einer kurzen Pause fügte sie etwas hinzu, was mir einen Fingerzeig hätte geben können, wie genau sie im Bilde war: »Solang ich hier bin, bleiben auch irrtümlicherweise keine Fenster auf, damit sie sich noch eine Lungenentzündung zuzieht.« Und dann lehnte sie sich vornüber, um das Feuer zu schüren. Die Glut warf rote Schatten auf ihre weiße Haube. »Also, wie wär's, wollen Sie sich nicht eine halbe Stunde zu Hause gönnen?«

Ich schüttelte den Kopf. John war dort, und ich wagte offen gestanden nicht, an ihn zu denken. Sein Erscheinen hatte die Situation so entsetzlich gefährlich gemacht, dass ich ihn nur aus meinen Gedanken verdrängen und zu Gott beten konnte, dass niemand sich mit ihm beschäftigte. Rhoda würde ihm erklären – darauf verließ ich mich –, wo ich mich befand. Er hatte genug Verstand, um sich zu sagen, dass etwas ernstlich nicht in Ordnung war, und ich hoffte, dass er das einzig Vernünftige tun, nämlich unauffällig und still nach Grundesberg zurückkehren würde. An persönliche Dinge war im Augenblick nicht zu denken, und die neue Wärme, die mich durchdrang und mich so unbekümmert machte, löste ein Schuldgefühl in mir aus, das ich nicht analysieren mochte.

Schwester Tooley faltete die Hände in ihrem Schoß und hob den Kopf.

»Ist das etwa die junge Dame, die im Krankenwagen aus London geholt wurde und worüber es so viel Gerede gab?«

Ich spürte, wie mein Herz kurz aussetzte. »Gerede?«

Sie lächelte mich wie zur Entschuldigung an. »Wenn ich an etwas nicht glaube, dann ist es Klatsch«, murmelte sie. »Gott weiß, es ist ein großes Übel in diesem Städtchen. Aber Sie wissen doch, dass die ganze Angelegenheit mit ziemlichen Scherereien verbunden war, nicht?«

»Ich weiß nur, dass die Abfahrtszeit im letzten Augenblick geändert worden ist«, sagte ich vorsichtig.

»Ja, das hat die Leute vom Rettungsamt zweifellos durcheinander gebracht. Aber wissen Sie, es gab auch Schwierigkeiten in dem Haus. Es war keiner da, außer einer Frau, mit der sich niemand verständigen konnte, und die Patientin befand sich in einem sehr sonderbaren Zustand.«

Sie senkte den Blick und ließ mich denken, was ich wollte.

»Niemand konnte etwas mit ihr anfangen, bis auf diesen Mr. Gastineau, der mitgekommen war, und außerdem haben Sie den Transport durch irgendein Missverständnis auch noch verpasst.«

In ihrem Bemühen, mich zu schonen, erreichte sie genau das Gegenteil: Sie malte ein beängstigendes Bild, und ich konnte mir vorstellen, wie die Geschichte die Runde in ganz Mapleford machte.

Leise fuhr sie fort:

»Aber es ist ja alles ganz in Ordnung, weil jeder weiß, dass Sie die Sache arrangiert haben, Frau Doktor.«

Ich versuchte mir schlüssig zu werden, was der vernünftigste Kommentar wäre, als sie mir zuvorkam:

»Aber als heute früh der Fremde auftauchte und Fragen stellte, war man natürlich neugierig.«

Ich glaube, ich hätte in diesem Augenblick selbst

dann keine Bewegung machen können, wenn ich es gewagt hätte. Ich hatte mal von Leuten gehört, denen zumute war, als hätte sich ihr Blut plötzlich in Eiswasser verwandelt, und zum ersten Mal erschien mir das nicht unmöglich.

»Von was für einem Fremden sprechen Sie?« Ich hoffte, dass meine Stimme für sie normaler klänge als für mich.

»Nach Aussage des Polizeidirektors, Mr. Robins, war es ein sehr freundlicher, aber etwas einfältiger Mensch.« Aus ihrem Munde hörte sich das nicht weiter schlimm an. Plötzlich wusste ich, wen sie meinte, obwohl es keinen Grund dafür gab, weshalb ich es geahnt haben sollte.

›Hatte er einen Regenschirm bei sich?‹ Die Worte wären mir um ein Haar entschlüpft. Der Mann hatte mich schon in London in Verwirrung gebracht, aber nicht so sehr wie jetzt.

Schwester Tooley lachte. »Mr. Robins hat sich seiner erbarmt und ihm ein paar Unterkunftsmöglichkeiten genannt. Er schien gerade erst aus dem Zug gestiegen zu sein und hatte kein Zimmer vorbestellt. Was manche Leute doch alles anstellen!«

Ich erhob mich. Ihre letzte Bemerkung hatte ihre Wirkung auf mich nicht verfehlt. Was manche Leute doch alles anstellen! Ich wusste jetzt, was ich zu tun hatte. Ich hatte den Entschluss vor wenigen Minuten gefasst. Die Zeit war gekommen.

Ich gab der Schwester die notwendigen Instruktionen hinsichtlich der Patientin und schärfte ihr ein, mich sofort zu benachrichtigen, falls sie irgendeine Veränderung feststellen sollte, trat dann auf den dunklen Korridor hinaus und ging hinunter. Das alte Haus war sehr still und merkwürdig friedlich. Die Atmosphäre wirkte so ausgeglichen, dass mir alles noch entsetzlicher erschien, was hier vorging. Es war, als hätte ich Schuld daran. Ich wusste natürlich im Hause Bescheid. Jedes überflüssige Geräusch vermeidend, trat ich in das Wohnzimmer und war schon fast beim Schreibtisch, ehe Gastineau mich bemerkte.

Er saß in seinem Stuhl am Feuer, und das Zimmer sah aus wie immer, sehr behaglich und wohnlich. Auf dem Schreibtisch herrschte dieselbe Unordnung wie das letzte Mal, als ich hier gewesen war; das kleine Schubfach, das Gastineau so schnell zugemacht hatte, war noch immer geschlossen. Es sah aus, als wäre inzwischen nichts angerührt worden.

Ich trat darauf zu, ohne Gastineau zu beachten, und öffnete das Fach. Es war vollgestopft mit allerlei Krimskrams, Bindfäden, Büroklammern, Klebstoff, aber nirgends entdeckte ich das blaue Papier.

Der Mann hinter mir rührte sich nicht. Er ließ mich nicht aus den Augen, machte aber keine Bewegung. Seine steifen Beine waren dem Feuer zugewandt, die Hände ruhten im Schoß. Als ich das Schubfach schloss, lächelte er mich an.

»Sie haben es also doch bemerkt? Ich hab' es mir gedacht, war aber nicht sicher. Es war ein fürchterlicher Augenblick für mich. Ich hatte geglaubt, ganz sicher zu gehen.«

Ich setzte mich ihm gegenüber auf einen Stuhl, und indem ich Platz nahm, erhaschte ich in dem langen, schmalen Spiegel an der gegenüberliegenden Wand einen Blick auf mich selbst. Was ich sah, erschreckte mich. Ich sah viel jünger aus, viel weiblicher und weniger eindrucksvoll, als ich geglaubt hatte. Ich fragte mich, ob er wirklich nur ein hübsches Mädchen in mir sehen mochte. Falls das zutraf, musste dieses Bild ausgelöscht werden.

»Hören Sie«, sagte ich so unzweideutig wie möglich, »ich verlange eine Erklärung.«

Unsere Blicke begegneten sich. Seine Augen strahlten Ruhe und innere Zufriedenheit aus, wie ich es bei ihm noch nie wahrgenommen hatte.

»Natürlich«, sagte er. »Das ist durchaus verständlich. Aber ich glaube nicht, dass es klug ist.«

Eine derartige Einstellung hatte ich am allerwenigsten erwartet. Ich musste mich zusammennehmen, um die Initiative zu behalten.

»Das ist meine Sache.«

»Mag sein.« Er bot mir eine Zigarette aus einer Schachtel auf dem Telefontischchen neben ihm an. Nachdem ich abgelehnt hatte, nahm er selbst eine.

»Was wollen Sie wissen?« Er schlug einen leichten Konversationston an, als unterhielten wir uns über irgendein Allerweltsthema.

»Wann kam Madame – Miss Forde nach Barton Square?«

»Vor gut einer Woche.«

»Warum ist sie dorthin gegangen?« Wenn er es so haben wollte, mir sollte es recht sein. Ich würde mich jedenfalls nicht von der Stelle rühren, es sei denn, die Schwester riefe mich.

»Ich hab' sie hingebracht«, sagte er schließlich. »Wir hatten zusammen gegessen.«

»Und sie dort gelassen?«

»Ja.« Er lachte über meinen Gesichtsausdruck, und ich musste mich zusammennehmen. Ich hatte Patienten kennen gelernt, die sich ebenso dumm anstellten, wenn sie mit der Wahrheit nicht herauswollten.

»Erklären Sie das näher!«, herrschte ich ihn an.

Er zögerte eine ganze Weile und zuckte schließlich die Achseln.

»Ich halte Sie für eine gute Ärztin. Sie haben wahrscheinlich längst festgestellt, dass Madame – wie wollen wir es nennen? – ein kleines Beruhigungsmittel zu sich genommen hat.«

»Sie haben sie also vergiftet.«

Er spreizte die Hände. »So theatralisch würde ich es nicht ausdrücken. Ich habe ihr ein Schlafmittel gegeben. Es ist ein Rezept, das ich seit Jahren besitze und von dem ich selbst Gebrauch gemacht habe, wenn ich Schmerzen hatte. Als sie schläfrig wurde, brachte ich sie nach Barton Square, wo ich eine sehr gute Freundin hatte, die sich um sie kümmerte ...«

»Und haben sie gefangen gehalten?«, fragte ich entsetzt.

»Nichts dergleichen. Sie hat sich überreden lassen zu bleiben.«

Es klang ungezwungen und vernünftig, als hätte er Erfahrung darin, einem Verhör unterzogen zu werden. Es lag etwas außerordentlich Wendiges in seinen kleinen Rückzügen und Auslassungen. »Sie wartete so lange, bis ich es arrangieren konnte, sie dort abzuholen.«

»Wissen ihre Freunde, wo sie sich augenblicklich aufhält?«

Zum ersten Mal schien er zu schwanken. »Möglicherweise nicht«, sagte er schließlich. »Sehen Sie, Frau Doktor, Francia ist von einem kleinen Geheimnis umgeben. Hauptsächlich deswegen habe ich alles versucht, sie hierher zu bekommen. Kurz bevor ihr letzter Film gedreht wurde, hatte sie eine Art Nervenkrise, und peinlicherweise kam man dahinter, dass sie angefangen hatte zu trinken. Es wurde natürlich vertuscht, verstehen Sie. Ein Spezialist wurde hinzugezogen. Eine Entziehungskur hatte Erfolg. Prächtig. Die ganze Angelegenheit wurde vergessen. Der neue Film wurde gedreht. Alle waren entzückt. Und dann kam das großartige Angebot von den Moonlight-Leuten, und sie wurde von morgens bis abends fotografiert, zur allseitigen Zufriedenheit, glaube ich.«

Er hielt inne, und ich bemerkte etwas so Kaltes und Fürchterliches in seinem Gesicht, dass ich mich eines Gefühls wirklicher Angst vor ihm nicht erwehren konnte.

»Ich habe sie natürlich für eine ganze Weile sorgfältig beobachtet und gehörte zu den wenigen, die etwas über ihren Zusammenbruch wussten«, fuhr er schließlich fort und fügte gelassen hinzu: »... und dabei kam mir der Gedanke, dass sich so etwas leicht wiederholen könnte ...«

»Abscheulich!«, rief ich. Aber er blieb ruhig.

»Meinen Sie? In Barton Square alles zu arrangieren war weiter nicht schwer. Sie war wütend, und Alkohol war vorhanden. Ich hab' es getan, weil es so bequem war.

Ich war überzeugt, dass ihre nächsten Angehörigen oder Freunde bei ihrem Verschwinden gewisse Schlüsse ziehen und sich wahrscheinlich ruhig verhalten würden. Wenn das andererseits nicht der Fall gewesen wäre und man sie dummerweise gefunden hätte, ehe ich bereit war, nun, so hätte es ausgesehen, als wären ihre Befürchtungen tatsächlich eingetroffen.« Die schiere Bosheit des ganzen Anschlags entsetzte mich. Ich lehnte mich vor.

»Und Sie haben sie in einem Krankenwagen hierhergebracht, weil Sie wussten, dass niemand Fragen stellen würde, und einen Arzt dazu bewogen, ihn zu bestellen, um doppelt sicherzugehen?«

»Nein.« Zum ersten Mal widersprach er mir, und seine glanzlosen Augen wurden hell und lebhaft. »Sie vergessen etwas, Frau Doktor. Ich habe nicht irgendeinen Arzt, sondern eine bestimmte Ärztin dazu bewogen, ihn für mich zu bestellen und nach Barton Square zu fahren, wo sie gesehen wurde. Sie haben dort sicherlich Aufmerksamkeit erregt, als Sie keinen Krankenwagen vorfanden. Haben Sie sich bei einem Polizisten erkundigt?«

Darauf gab ich keine Antwort. »Ein Arzt oder die Ärztin, das macht nichts aus.«

»Aber ja.« Die sanfte Stimme klang beruhigend und erfüllte mich mit nacktem Entsetzen. »Aber natürlich. Das müssen Sie doch einsehen, Sie sind doch ein nüchtern denkender Mensch und nicht dumm. Wir haben das doch bereits erörtert. Sie wissen genau, wo Sie stehen.«

Er gewann allmählich die Oberhand. Er nahm mich ins Verhör, statt ich ihn. Ich wich aus, um meine Überlegenheit zurückzugewinnen.

»Wer war die taube Frau in Barton Square?«

»Die ukrainische Dienerin meiner Freundin. Sie muss allein im Haus gewesen sein, als Sie eintrafen.«

»Und wer war der Mann mit dem Regenschirm?«

Die Frage verursachte Gastineau Kopfzerbrechen, das konnte ich an seinem Gesicht ablesen.

»Wo sind Sie ihm begegnet? In der Küche?«

»Ja. Und überdies glaube ich, dass er uns hierher gefolgt ist. Er hat sich auf dem Rettungsamt erkundigt.«

Diese Mitteilung nahm er gelassen hin und tat sie mit einer Handbewegung ab.

»Vielleicht jemand, der im Auftrage meiner Freundin in Barton Square war. Frauen sind neugierig und mitunter eifersüchtig. Das hat weiter nichts zu bedeuten.«

Zu meinem Entsetzen stellte ich fest, dass mich seine Worte beruhigten.

»Was war Ihr eigentlicher Grund?«, herrschte ich ihn plötzlich an. Aus Schreck darüber, dass ich mir selbst misstraute, kam die Frage so barsch heraus. Ich hatte die ganze Zeit darüber nachgedacht, aber sie direkt stellen hieß, dass ich etwas hinnahm, was ich einfach nicht hinnehmen wollte.

Er verstand mich sofort. Das Entsetzlichste war, dass wir uns so gut verstanden, wie ich schon längst gemerkt hatte. Er betrachtete seine Knie und seine steifen Beine und warf mir dann einen Blick zu, ohne sich aus seiner gebeugten Haltung aufzurichten.

»Ich war früher einmal ein hoch gewachsener Mann«, bemerkte er unvermittelt mit so viel Nüchternheit, dass mir der Mut sank. »Ich bin viel gewandert. Bergsteigen war mein Lieblingssport. Ich war sehr empfindlich gegen alles, was meine Umgebung betraf. Filzigkeit, Hässlichkeit, alles Schmutzige und Grausame verursachte mir körperlichen Ekel.« Er hielt inne, die glanzlosen Augen noch immer auf mich gerichtet. »Wenn Sie sich über meine Beweggründe klar werden wollen, müssen Sie sich das anhören. Es wird nicht lange dauern.«

»Weiter«, sagte ich.

»Es gab eine Zeit in meinem Leben«, fuhr er ruhig fort, »da hatte ich geschäftlich in Stockholm zu tun. Es war kurz vor dem Kriege. Damals war ich in der Lage, meinem Heimatland gewisse kleine Dienste zu erweisen. Ich will nicht näher darauf eingehen und nur so viel sagen, dass sie geheim waren. Und da ich Zutritt zu den höchsten Kreisen in Deutschland und Österreich hatte, von nicht geringem Nutzen, verstehen Sie ...?«

»Sie waren also ein Spion«, erklärte ich rundheraus.

»Nein. Ich war ein Verbindungsmann.«

»Verstehe.«

Er nickte und fuhr fort:

»Ich war in eine junge Frau verliebt. Sie war mit einer Tanzgruppe ins Land gekommen, aber das Unternehmen hatte Pleite gemacht, und ihr war nicht viel mehr verblieben als ein englischer Reisepass. Ich lernte sie im Sommer kennen. Sie versuchte, einen Geschäftsfreund von mir dazu zu bewegen, sie in seinem Lokal als Tänzerin und Sängerin auftreten zu lassen. Sie hatte keine Stimme, und ihre schäbigen Kleider hingen an ihr herab wie die fliegenden Papierbänder an einem jener Stäbe, die man auf Jahrmärkten verkauft.«

Seine Stimme hatte sich nicht verändert und klang noch immer ruhig. Aber etwas anderes schwang mit, eine Erregung, die ich nur zu gut begriff.

»Ich hatte nicht sehr viel Geld«, sagte er langsam, »aber ich war nicht arm, und sie hatte etwas Undefinierbares, das anziehend auf mich wirkte. Ich verschaffte ihr eine Stellung und sorgte für Garderobe. Sie akzeptierte alles, was ich ihr schenkte, und der Eifer, mit dem sie um jeden Preis vorwärts kommen wollte, amüsierte mich. Danach sahen wir uns häufiger, und schließlich passierte mir etwas Fürchterliches: Ich verliebte mich in sie.«

Er beobachtete mich noch immer. »Nicht alle Menschen können lieben«, bemerkte er endlich. »Für manche ist die Liebe nur ein vorüberhuschender Schatten, ein plötzlicher Lichtschein in der Nacht, der aufflammt und wieder verlischt. Aber für andere, wie ich Ihnen wohl nicht erst zu sagen brauche, ist sie eine furchtbare Macht, beängstigend, alles verschlingend und unvermeidbar.«

Ich versuchte, mein Mitgefühl für ihn zu unterdrücken.

»Mir kommt es nur auf die Fakten an«, murmelte ich, als beschriebe er eine Reihe von Symptomen.

»Fakten? Das sind die Fakten«, protestierte er. »Das wissen Sie so gut wie ich. Ich liebte dieses Mädchen auf eben die besondere Weise, und da sie nun einmal diese Art Frau war, stand ich bald vor dem Ruin und musste es ihr mitteilen. Ich glaube, ich habe noch nie einen Menschen gesehen, der entsetzter gewesen wäre, selbst Sie nicht, liebe Doktorin.«

Er lachte kurz, aber ohne Heiterkeit. »Zum Glück hatte ich das bescheidene Vermögen, von dem ich jetzt lebe, in England angelegt, doch inzwischen war der

Krieg ausgebrochen. Der Zeitpunkt kam, da ich eine meiner regelmäßigen Reisen nach Berlin antreten musste. Weil ich verliebt in sie war, vertraute ich ihr ein mit meiner Fahrt verbundenes Geheimnis an. Gott sei Dank war es nur eine Bagatelle – ich hatte nichts Schriftliches bei mir. Es handelte sich nur darum, einen bestimmten Mann aufzusuchen und ihm mitzuteilen, die Antwort sei: ja. In meiner völligen Verblendung oder vielleicht weil ich verrückt genug war, mir einzubilden, dadurch in ihrer Achtung zu steigen, verriet ich ihr, dass ich nicht nur geschäftlich unterwegs wäre.«

Ich wusste, was kommen würde. Es drückte sich in seinem dunklen hässlichen Gesicht aus. Man brauchte es nicht zu erraten.

»Jawohl«, sagte er zustimmend, als hätte ich es ausgesprochen, »sie verkaufte die Information. Da sie keine Vorteile mehr durch mich hatte, nahm sie das Letzte, was aus mir herauszuholen war. Sie gab die Information auf einer Tanzgesellschaft weiter, auf der sie ein von mir ausgesuchtes Kleid und den Schmuck trug, den ich ihr geschenkt hatte. Der Mann, an den sie mich verriet, bezahlte sie in barem Gelde. Und was mich betrifft, so wurde ich verhaftet, als ich in Berlin eintraf. Über den Rest mag ich nicht sprechen.«

Die letzten Worte kamen mit einer solchen Leidenschaft heraus, dass ich fast aufgesprungen wäre. In dem vor Bitterkeit flammenden Wrack, das vor mir saß, erkannte ich ihn kaum wieder. Er streckte die verunstalteten Hände aus und umfasste in einer Geste das, was von seinem verkrümmten und gequälten Körper geblieben war.

»Sie wissen ohnehin Bescheid«, sagte er. »Ihnen brauche ich darüber nichts weiter zu erzählen. Sie sind Ärztin. Sie können sich vorstellen, was es mit dieser Gefangenschaft auf sich hatte.«

Ich sagte das Einzige, was ich darauf erwidern konnte. »Sind Sie sicher?«

»Ob ich Gewissheit habe, dass sie es war, dass es aus Geldgier geschah und um mich loszuwerden? Ja!«

Es klang endgültig, ein fast hingehauchtes Wort.

Ich habe einmal gesagt, dass ich mich selber vor Hassgefühlen fürchte und dass ich immer davor geflohen bin, damit sie mich nicht zerstörten. Bei seinem Anblick verstand ich, was ihm widerfahren sein musste, als hätte er mir ein Geschwür gezeigt. Er war vor Hass zur Asche verbrannt. Der Hass hatte sich seiner bemächtigt, ihn vergiftet und verrückt gemacht.

Er sprach jetzt wieder ruhig, fast im Plauderton.

»Ich konnte mich nicht noch einmal all dem Grauenhaften und Schrecklichen aussetzen. Ich konnte nicht riskieren, eingesperrt zu werden. Ich musste sie auf einc Art und Weise bestrafen, die mich nicht gefährdete. Ich brauchte Hilfe. Als mir dann jene andere Frau in Barton Square, die sich immer um meine Angelegenheiten gekümmert hat, einen Zeitungsausschnitt zeigte, den sie aufbewahrt hatte, und als mir klar wurde, dass es noch einen anderen Menschen gab, der Grund hatte, Francia ebenso zu hassen wie ich ...«

»Nein!« Das Wort war heraus, ehe ich es verhindern konnte. Es klang wie ein Angstschrei.

Er redete weiter, als hätte ich nichts gesagt:

»Als ich entdeckte, dass ein solcher Mensch nicht nur

existierte, sondern dass es sich dabei um eine Ärztin handelte, geradezu ideal geeignet dafür, das, was ich zu tun hatte, vollkommen einfach und vollkommen sicher zu machen, spürte ich, dass es noch so etwas wie Gerechtigkeit in der Welt gab. Ich kam hierher nach Mapleford, um mit Ihnen in Verbindung zu treten.«

»Ja«, sagte ich zurückhaltend, als sähe ich mich einer neuen Schrecken erregenden Krankheit gegenüber. »Aber haben Sie nicht gleich, als Sie mich kennen lernten, gemerkt, dass es nicht funktionieren würde?«

»Als ich Sie sah«, erklärte er befriedigt, »begriff ich Sie, oder besser, ich erkannte einen Ihrer Wesenszüge. Sie vergruben sich in Arbeit, verbargen sich darin, aber es half Ihnen nicht viel, nicht wahr? Ich wusste, dass Sie mich für verrückt halten würden, wenn ich mit meinem Anliegen zu Ihnen gekommen wäre, aber ich vermutete, dass ich meinen Willen durchsetzen und auf Ihre Hilfe rechnen könnte, sobald Sie plötzlich vor vollendeten Tatsachen ständen.« Er warf seinen Zigarettenstummel ins Feuer. »Und ich hatte Recht«, sagte er.

»Nein.« Ich sprach genauso ruhig wie er. Jetzt jagte er mir keinen Schrecken mehr ein. Für mich war er nur noch ein pathologischer Fall, der unter anderen Umständen mein Mitgefühl erweckt hätte. »Sie irren sich.«

»Ich glaube nicht. Sie haben doch Phantasie. Sie wissen, was Ihnen droht, wenn Sie Ihre Rolle nicht spielen. Bei einer polizeilichen Untersuchung dürfte es Ihnen schwer fallen, sich herauszureden. Außerdem handelt es sich um die Frau, die Ihnen den Geliebten abspenstig gemacht hat. Seitdem haben Sie sich mit niemand mehr eingelassen. Selbst Ihren Nachbarn ist das aufgefallen.

›Die kleine Ärztin hat einen ziemlichen Schock erlitten, über den sie nicht hinwegkommt.‹ So ähnlich reden doch die Leute über Sie, nicht wahr?«

Ich versuchte, vernünftig mit ihm zu sprechen.

»Sehen Sie denn nicht ein«, sagte ich leise, »dass sich all das schon vor Jahren zugetragen hat? Selbst wenn es mich damals erschütterte, so habe ich doch nichts unternommen. Warum sollte jemand auf den Gedanken kommen, dass ich Francia Forde jetzt etwas antun möchte?«

Ich sah, dass Zweifel in ihm aufstiegen. Sein eigener Hass war bisher durch seine Leiden genährt worden. Er hatte meinen damit identifiziert.

»Aber Sie sind heut Nacht hier geblieben.«

»Ich hoffe, ich kann ihr das Leben retten.«

»Ausgeschlossen.« Es klang, als wisse er etwas, was mir unbekannt war. Für eine Sekunde geriet ich aus der Fassung.

»Heute Abend wussten Sie Bescheid«, sagte er. »Deswegen haben Sie eine Pflegerin herbestellt, der Sie vertrauen können. Aus der Art, wie Sie mit ihr gesprochen haben, wurde mir klar, dass Sie sich völlig darauf verlassen, nie von ihr verraten zu werden. Vielleicht ist sie zu beschränkt oder zu abhängig von Ihnen. Eins ist so gut wie das andere.«

»Falsch!« Jetzt hatten meine Worte wirkliche Überzeugungskraft. Triumph schwang in ihnen mit, ich konnte ihn einfach nicht verbergen. »Ich habe mich deswegen für Schwester Tooley entschieden, weil ich mehr Vertrauen zu ihr habe als zu mir selber. Sie ist mein Rettungsanker.«

Es war das erste Mal, dass ich ihm Furcht einjagte. Er wusste genau, was ich meinte. Es war so gekommen, wie ich es vorausgesehen hatte.

»Das hätten Sie nicht gewagt!« Er hoffte mich auf seine Seite zu ziehen, ohne mich zu beschuldigen, und fuhr mit leichter Unsicherheit in diesem Tonfall fort. »Nur deswegen habe ich so lange gezögert. Sie üben Ihren Beruf mit einer Leidenschaft aus, die von Rechts wegen einem Geliebten gehörte. Ihr Beruf ist Ihre Religion. Dennoch werden Sie sich Ihre Laufbahn ruinieren, wenn Sie diese Sache nicht zu Ende führen.«

»Das muss ich auf mich nehmen, falls die Patientin sterben sollte.« Das glaubte ich und sprach es aus, und es klang aufrichtig.

Er lehnte sich in seinem Stuhl zurück und starrte mich an, voller Erstaunen, aber auch verärgert.

Ich weiß nicht, wie es weitergegangen wäre. Vielleicht wäre er zusammengebrochen oder hätte sich mir unterworfen ... doch in diesem Moment geschah etwas, was alles zunichte machte. Der Zufall spielte mir einen seiner gemeinsten Streiche. Das Telefon läutete.

Gastineau saß zwischen mir und dem Apparat und nahm den Hörer ab.

»Ja. Ja. Ich werde es ihr ausrichten, sie ist hier. Von wem kommt der Anruf?«

Ich ließ ihn nicht aus den Augen und bemerkte, wie sich seine Gesichtsfarbe veränderte. Das Blut stieg ihm in die fahlen Wangen, und seine Augen wurden hell. Mit einem Siegerlächeln wandte er sich zu mir um.

»Für Sie. Dr. Linnett.«

Fast eine halbe Minute verstrich, ehe ich den Hörer

entgegennahm. Meine erste Regung war, überhaupt nicht zu reagieren. Als ich es dennoch tat, zitterte meine Hand, und ich musste den Ellbogen aufstützen.

Johns Stimme klang laut und natürlich und ein wenig entschuldigend.

»Ann, nur damit du nicht allzu überrascht bist. Ich komme kurz vorbei, um dir gute Nacht zu sagen.«

Ich rückte so weit wie möglich von dem Mann im Stuhl ab. Die Schnur war sehr kurz.

»Lieber nicht«, erklärte ich. »Nein, lass das.«

»Warum nicht?« Ich kannte diesen Ton, hatte ihn tausendmal gehört, von Kindesbeinen an. Er besagte, dass John seinen Willen durchsetzen würde.

»Ich werde dich nicht lange aufhalten«, meinte er. »Nur unten an der Haustür. Bestimmt keine Viertelstunde. Ich werde läuten, wie es sich für einen Arzt schickt, und nach dir fragen, und dann kommst du herunter. Hörst du mich? Hast du mich verstanden? Sag einfach ja, und wenn jemand mithören sollte, so hast du mit dem Gesundheitsministerium gesprochen.«

»Nein«, sagte ich noch einmal, doch er legte auf.

Als ich endlich den Kopf hob, blickte mich Gastineau nachdenklich an.

Ich sagte nichts. Es gab nichts zu sagen. Dann wandte ich mich um und ging zur Tür.

Als ich an der Schwelle stand, ergriff er das Wort:

»Jedenfalls kennen wir uns jetzt etwas besser, Frau Doktor.«

Ich gab keine Antwort, sondern verließ das Zimmer, stieg wieder die Treppe hinauf und ging durch den oberen Flur. Die Standuhr in der Ecke zeigte an, dass ich mich höchstens zwanzig Minuten unten aufgehalten hatte. Für mich hätten es ebenso gut zwanzig Jahre sein können.

Schwester Tooley hatte sich eingeschlossen und kam auf mein Klopfen ziemlich aufgeregt an die Tür gehuscht.

»Ich bin froh, dass Sie wieder da sind!«, murmelte sie. »Ich habe schon überlegt, ob ich Sie nicht rufen sollte.«

Ich warf einen Blick auf das Bett, aber sie schüttelte den Kopf.

»Unverändert, das arme Ding, völlig unverändert. Aber das Herz hält stand.«

»Gott sei Dank!«, sagte ich erleichtert. Für mich gab es kaum noch etwas zu tun. Solange ihr Herz nicht versagte und keine Anzeichen für eine Lungenentzündung zu erkennen waren, überließ man sie am besten sich selber.

Schwester Tooley blickte mich aus ihren hellen Augen unverwandt an. Sie war noch röter im Gesicht als gewöhnlich, und etwas wie Trotz ging von ihr aus, etwas völlig Neues für mich.

»Sehen Sie sich das doch einmal an, Frau Doktor.«

Sie deutete auf einen Gegenstand auf dem Ankleidetisch, und wir traten zusammen näher heran. Es war der grüne Plastikbeutel, den ich im Badezimmer entdeckt und mir aus Zeitmangel nicht genauer angesehen hatte. Die Schwester war gründlicher gewesen. Der gesamte Inhalt lag säuberlich auf einem gefalteten Handtuch ausgebreitet.

»Nach der Kahlheit des Raumes zu urteilen, scheint das arme Ding nichts weiter bei sich gehabt zu haben«, vertraute sie mir flüsternd an.

Ich warf einen Blick auf die Gegenstände und schaute noch einmal näher hin. Außer den üblichen Kleinigkeiten war da noch etwas anderes, etwas Neues, was ich bei meiner abgebrochenen Suche übersehen hatte: ein Häufchen kleiner weißer Pillen und das durchweichte Papier, in dem sie eingepackt gewesen waren. Im ganzen waren es zweiundzwanzig, zerdrückt und klebrig, aber noch erkennbar. Ich nahm eine in die Hand. Auf der einen Seite war eine römische Ziffer eingeprägt.

Noch ehe ich die Pille mit der Zungenspitze berührt hatte und die Bitterkeit schmeckte, ahnte ich, worum es sich handelte.

»Was ist es, Frau Doktor? Luminal?«

»Ich weiß es nicht genau.«

Ich sprach ausdruckslos, weil mein Herz plötzlich mit einem dumpfen Schlag ausgesetzt zu haben schien. Dies erklärte die geheimnisvolle, tiefe und andauernde Bewusstlosigkeit, die für mich so rätselhaft gewesen war. Es erklärte auch, warum Gastineau überzeugt war, dass Francia sterben würde.

»So ein ähnliches Mittel muss es sein.«

»Ich glaube auch!« Die innere Gewissheit der Schwester war das Echo meiner eigenen. »Medinal, Dial … irgend so etwas. Sie muss süchtig sein. Sie …«

Ich unterbrach sie. Sie war wie gewöhnlich sofort auf den springenden Punkt gekommen und hatte erfasst, was diese Entdeckung bedeutete: Francia Forde hatte die Gewohnheit, Barbitursäure in irgendeiner Form zu sich zu nehmen. Eine Eigenschaft der Barbitursäure besteht aber darin, dass sie kumulativ ist. Sie bleibt für längere Zeit im Organismus. Die Dosis Dormital musste daher die Menge, die Francia bereits im Körper hatte, noch vermehrt haben, und niemand konnte sagen, wie viel es insgesamt sein mochte.

Dass es eine Gewohnheit war, war klar. Ein Patient, der die Tabletten von seinem Arzt gegen Schlaflosigkeit verschrieben bekommt, bewahrt sie kaum lose in einem Plastikbeutel auf. Diese Nachlässigkeit deutete auf einen vertrauten Umgang mit dem Mittel hin. Ich vermutete, dass sie sie nach ihrem ›Zusammenbruch‹ erhalten hatte.

Während ich diese bestürzende Tatsache zu verdauen suchte, machte Schwester Tooley eine Bemerkung, deren Sinn mir erst ein paar Sekunden später aufging.

»Nun, jedenfalls wissen wir, was es ist. Das ist ein großer Trost, falls dem armen Ding etwas zustoßen sollte.«

Mich erschreckte die Art, wie sie das sagte. Ein Ton schwang in ihrer Stimme mit, den ich noch nie vernommen hatte und der zu dem trotzigen Gebaren passte, das ich zuvor an ihr bemerkt hatte. Endlich kam ich dahinter. Sie fühlte sich irgendwie schuldig.

Mein Blick schweifte durch den Raum, vorbei an dem riesigen Bett mitsamt seiner traurigen kleinen Last, bis zu der Kommode. Der glänzende Krug war einige Zentimeter näher an die Wand herangerückt worden. Ich wandte mich zu Schwester Tooley um und blickte sie an. Sie wurde sehr rot. Unwillkürlich kam mir der Gedanke, dass irgendein Staatsanwalt sein Vergnügen mit ihr haben würde, wenn er sie je auf die Anklagebank bekäme. Sie war nicht dazu geschaffen, Ausflüchte zu machen.

Als ich an die Kommode trat und nachsah, war der Krug leer.

Sie wandte mir den Rücken zu und schürte das Feuer. Die Flammen und ihr Gesicht waren von der gleichen Farbe. Eine Minute verging, ehe sie sich entschloss zu sprechen. Dann richtete sie sich auf, den Feuerhaken noch immer in der Hand, so dass sie wie eine allegorische Gestalt aus einem dörflichen Festspiel wirkte.

»Ich habe das Etikett abgeweicht und es ins Feuer geworfen, dann das Fläschchen auf dem Rost zerschlagen und die Splitter im Ausguss hinuntergespült. So, nun wissen Sie Bescheid.«

Ich konnte es nicht fassen. Das Geständnis raubte mir den Atem. Ich muss sie förmlich angeglotzt haben. Sie trat einen Schritt näher an mich heran, den Schürhaken noch immer in der Hand.

»Jetzt hören Sie gut zu, Doktor Fowler. Im Vergleich zu Ihnen bin ich eine alte Frau. Ich flehe Sie an: Über dieses Thema soll zwischen uns beiden kein Wort mehr fallen, und wir wollen es auch keinem anderen Menschen gegenüber erwähnen. Niemand weiß besser als ich, wozu die Leute imstande sind. Irgendjemand entwendet etwas aus Ihrer Tasche und lässt es herumliegen, so dass der erstbeste Verrückte, der das Haus betritt, es sich aneignen kann.«

Sie hatte das sehr ernst gesagt, ihre gütigen Augen waren voll Tränen. Sie zitterte, ihre gestärkte Schürze raschelte.

»Ich weiß Bescheid. Ich habe mehr erlebt als Sie. Aber Sie sind eine tüchtige, gewissenhafte und mutige Ärztin, und ich werde einfach nicht dulden, dass man Sie zum Verhör holt und ein Untersuchungsrichter dumme Bemerkungen über Fahrlässigkeit macht und dergleichen

Unsinn mehr. Sobald ich die Tabletten in dem Beutel entdeckte, sagte ich mir: Das genügt. Das ist wie ein Geschenk des Himmels.«

Zu jeder anderen Zeit hätte ich darüber lachen können. Jetzt war mir mehr nach Weinen zumute. Jetzt hatten sie und ich zum ersten Mal in dieser Sache etwas Unrechtes getan. Vielleicht waren wir bisher töricht gewesen, aber strafbar hatten wir uns nicht gemacht. Ohne Tooleys Verzweiflungstat hätte ich erhobenen Hauptes bei meiner Geschichte bleiben und beten können, dass die Wahrheit mich retten würde. Aber dies machte alles nur komplizierter. Die Beseitigung des Fläschchens bewies aber auch, dass wir nicht auf den Kopf gefallen waren und wussten, was vor sich ging.

»Heilige Maria! Habe ich eine Dummheit begangen?«

»Nein«, sagte ich hastig und bemühte mich zu vergessen, dass ich mich auf ihre moralische Unterstützung verlassen hatte. »Nein, es wird sich schon alles aufklären …«

Weiter kam ich nicht, da ich durch ein Klopfen an der Tür unterbrochen wurde. Schwester Tooley ging nachsehen und kam mit einem Briefchen zurück.

»Der ausländische Diener wartet draußen auf Antwort«, murmelte sie.

Der Brief kam von Miss Luffkin. Er war typisch für die alte Jungfer.

›Meine liebe Frau Doktor,
sehr besorgt, da jemand krank zu sein scheint. Was kann ich tun? Zögern Sie nicht, um irgendetwas zu bitten. Würde Milchpudding helfen? Habe Dr. Ludlow angerufen, da ich Sie nicht in Ihrer Arbeit stören woll-

te. Er meint, ich sollte mir keine Sorgen machen, da Sie sehr tüchtig seien. Das weiß ich natürlich, aber Sie sind ja doch so zart und jung. Verzeihen Sie, ich weiß, dass Sie die gute Schwester Tooley bei sich haben, und so werden Sie es schon schaffen. Vielleicht kommt Dr. Ludlow doch noch vorbei. Vergessen Sie aber nicht, dass ich hier bin.

Ihre ergebene
Gertrude Elizabeth Luffkin

P. S. Habe mit Miss Farquharson, Miss Dorroway und Betty Phelps im Ort telefoniert. Alle möchten benachrichtigt werden, wenn sie irgendwie helfen können. Werde diese Zeilen selbst überbringen.‹

Der letzte Satz beunruhigte mich besonders, und ich trat an die Tür, um mit Radek zu sprechen. Er schien meine Besorgnis zu teilen, denn er deutete nach unten und legte einen klobigen Finger auf seine Lippen.

Ich befolgte seinen Rat und kritzelte mit Bleistift hinten auf den Umschlag:

›Nichts im Augenblick, trotzdem vielen Dank. Machen Sie sich keine Sorgen und versuchen Sie zu schlafen. A. F.‹

Damit schickte ich Radek hinunter. Ich fühlte mich erst sicher, als die Tür wieder verschlossen war.

Ich trat erneut an das Bett. Es war nicht ausgeschlossen, dass Percy herkam, wenn die Luffkin ihn aufgestört haben sollte. Es würde die Dinge beschleunigen, falls er sich dazu aufraffte. Ich war entschlossen, ihm gegenüber ganz offen zu sein und die Folgen zu tragen.

Ich untersuchte die Patientin noch einmal. Die Atmung war unverändert und der Puls schwach. Die Temperatur war etwas gestiegen. Sie war in Schweiß gebadet. Noch waren die Lungen in Ordnung.

»Was für eine hübsche Person«, meinte Tooley. Ihr einfaches Gesicht war von Mitleid erfüllt. »Sie erinnert mich an jemand, den ich schon einmal gesehen habe. Im Film vielleicht. Haben Sie eine Ahnung, wer sie ist?«

»Ja«, erklärte ich. »Sie heißt Forde.«

Der Name bedeutete der Schwester nichts, aber für mich galt er viel. Bis dahin hatte ich mich um die unpersönliche Haltung bemüht, die ein Arzt bewahren muss, wenn er etwas erreichen und sich nicht selbst aufreiben will. Nach dieser zufälligen Bemerkung war es damit vorbei, und von diesem Augenblick an stand sie so leibhaftig vor mir, als hätte ich sie in gesundem Zustand gekannt. Ich sah sie, wie sie auf ihren langen schlanken Beinen umherlief und den vollkommen geformten Kopf lächelnd hin und her wandte.

Ich nahm mich zusammen. Dies war nicht der Augenblick, sich an eifersüchtige Regungen auch nur zu erinnern. Mir war ziemlich klar, was nun wahrscheinlich geschehen würde. In den nächsten vierundzwanzig Stunden würde Francia Fordes Bewusstlosigkeit noch tiefer werden, das Herz würde, trotz meiner Stimulanzien, langsam versagen. Und irgendwann gegen Morgen, während die Schwester und ich an ihrem Bett saßen, beide machtlos und müde, würde es schnell und unregelmäßig schlagen und schließlich ganz aussetzen. Wir würden es mit künstlicher Atmung versuchen. Wir würden alles Mögliche versuchen, bis wir vor Erschöpfung nicht mehr weiterkonnten. Aber es würde vergeblich sein, wie ich es geahnt hatte, und ich würde das Nächstliegende tun und die Polizei benachrichtigen.

Ich machte mir keine Illusionen. Ich sah die Fetzen meiner Laufbahn auf mich herunterflattern wie welkes Laub. Und wenn es damit sein Bewenden hatte, konnte ich von Glück sagen. Falls Gastineau bei der Geschichte blieb, die er zu erzählen beabsichtigte, hatte ich mich auf eine Strafanzeige gefasst zu machen, denn schließlich handelte es sich um Francia Forde. Ich hasste sie. Ich hasste sie noch immer, Gott verzeih mir. Irgendwie musste ich ihr Leben retten, auch wenn sie an John gebunden blieb. Sonst würde man mich wahrscheinlich unter Mordverdacht verhaften.

Es würde mir nicht gelingen, sie zu retten. Diese Überzeugung drang in mein Bewusstsein ein wie ein kleines dünnes Messer in einen menschlichen Körper. Ich kann es nicht anders ausdrücken. Es war, als befände ich mich in äußerster Gefahr. Ein Gefühl der Verzweiflung packte mich.

»Sehen Sie sich vor!« Es war die Schwester. Sie trat an mich heran und ergriff meinen Arm. »Sie haben sich überanstrengt, meine Liebe. Ich möchte Sie nicht auch noch als Patientin haben. Verschnaufen Sie sich ein Weilchen. Warten Sie, ich hole einen Stuhl, und gleich ist alles wieder gut.«

Ich machte einen Schritt von ihr weg und versuchte zu lachen. »Mir ist weiter nichts«, sagte ich. »Wirklich nicht. Ich bin völlig in Ordnung. Es war nur ein bisschen heiß hier drin.«

»Wahrscheinlich haben Sie Recht«, antwortete sie erleichtert. »Für einen Augenblick hatte ich richtig Angst, Sie sahen so bleich aus. Ich gehe jetzt mal in die Küche hinunter und schaue nach, ob jemand in diesem ungastlichen Haus eine Tasse Kaffee machen kann.«

Das schien mir ein sehr vernünftiger Vorschlag zu sein. Ich trat wieder an das Bett, während sie hinausging. Doch schon einen Moment später war sie außer sich wieder da.

»Dieser Ausländer höchstpersönlich steht draußen auf dem Flur und wünscht, mit Ihnen allein zu sprechen«, flüsterte sie. »Er sagt, er sei nicht dazu gekommen anzuklopfen. Das scheint zu stimmen.«

»Ich werde gehen«, murmelte ich. »Bleiben Sie bei der Patientin.«

Gastineau erwartete mich. Es war offenbar, dass etwas geschehen sein musste. Er war wütend, seine steifen Hände zitterten.

»Was haben Sie angerichtet?«, fuhr er mich an. »Die Polizei hat angerufen.«

»Die Polizei?« Ich hatte nicht gedacht, dass ich das Gespräch so schuldbewusst anfangen könnte. »Weswegen?«

»Das möchte ich gern wissen. Ich habe gesagt, Sie seien durch Ihre Patientin in Anspruch genommen. Daraufhin bat man um Ihren Anruf.«

Ich warf einen Blick auf die Uhr. Es war fast zehn, ziemlich spät für einen dienstlichen Anruf der Polizei. Gastineau musterte mich argwöhnisch.

»Haben Sie überhaupt keine Ahnung, was die Polizei von Ihnen will?«

»Nicht die geringste.«

»Haben Sie irgendetwas mit der Polizei zu tun gehabt?«

»Nein.«

Seine Fragen ärgerten mich. Ich nahm meinen Verstand zusammen.

»Ich kann mir nicht vorstellen, was man will«, erklärte ich sachlich. »Wir werden uns einfach erkundigen. Sie können das Gespräch gern mit anhören.«

Er warf mir den halb bewundernden Blick zu, mit dem er mich schon mehrmals angesehen hatte, und ging unbeholfen mit mir die Treppe hinunter. Seine Erlebnisse in den Gefängnissen hatten ihn fast zum Krüppel gemacht. Er musste ständig Schmerzen haben.

Ich trat ans Telefon, als Radek plötzlich aus der Küche kam und an mir vorbeieilte, da es geklingelt hatte. Als er die Haustür öffnete, drehte ich mich um und vergaß das Telefon samt der Polizei, so bestürzt war ich. John stand draußen, den Mantelkragen hochgeschlagen und ziemlich durchnässt. Er bemerkte mich sofort, lächelte aber nicht.

»Da sind Sie ja, Frau Dr. Fowler«, begann er höchst förmlich. »Dürfte ich Sie einen Augenblick sprechen, bitte? Ich habe Ihnen etwas auszurichten. Es ist dringend. Würden Sie zu meinem Wagen hinauskommen?«

Ich rechnete damit, dass Gastineau Einspruch erheben würde, und nahm mir vor, eine gegenseitige Vorstellung um jeden Preis zu vermeiden, doch als er keinerlei Anstalten dazu traf, sondern sich humpelnd in eine Ecke zurückzog, wusste ich, dass meine schlimmsten Erwartungen sich erfüllt hatten. Entweder hatte er Johns Stimme am Telefon oder sein Gesicht nach einer Fotografie erkannt, so dass John von jetzt an in die Geschichte verwickelt war, so sehr ich mich auch bemühen mochte, ihn herauszuhalten.

Inzwischen war John eingetreten und hüllte mich in die dicke wollene Reisedecke, die er mitgebracht hatte. Er sagte nichts, sondern führte mich stillschweigend hinaus. Ehe ich protestieren konnte, saß ich bereits im Wagen. John ging um den Wagen herum zum Fahrersitz, öffnete die Tür und schaute durch die Dunkelheit auf die Sitze hinter mir.

»Da wären wir«, sagte er vergnügt zu jemandem in der Finsternis. »Wenn Sie die Pfauenvilla suchen, das ist sie.«

Ich wickelte mich aus der Decke, die mir fast die Sicht raubte, und sah gerade noch eine große Gestalt hinausklettern.

»Wie dumm von mir. Vielen Dank, Sir, vielen Dank. Ich hatte keine Ahnung, dass wir schon da wären.«

Ich erkannte die irreführende hilflose Stimme sofort wieder.

»Sehr freundlich von Ihnen«, sagte der Mann. »Ich werde lieber die Hintertür benützen. Vielen Dank. Auf Wiedersehn.«

Er schaute sich um, sah mich, lüftete höflich den Hut und verschwand im Regen, den ungeöffneten Schirm in der Hand.

Diese Begegnung gab mir den Rest. Wie aus weiter Ferne vernahm ich mein eigenes Gestammel:

»Warum hast du ihn bloß mit hierher gebracht? Warum bloß? Wer ist der Mann eigentlich? Wer ist er?«

»Moment mal, Mädchen, was hast du denn?«

Ein kräftiger Arm legte sich um meine Schultern. »Was ist denn los?«

»Wo hast du ihn getroffen?« Ich redete, ohne mich beherrschen zu können.

»Den alten Knaben? Auf dem Wege vor deinem Haus. Er hat mich angehalten und sich nach der Pfauenvilla erkundigt. Daraufhin hab' ich ihn gleich mitgenommen und in den Fond gesetzt, weil er pitschnass war und ich diesen Sitz für dich trockenhalten wollte.«

Diese vernünftige Erklärung lähmte mich fast.

»Aber das ist doch der Mann, dem ich am Barton Square begegnet bin. Der Mann, der mir folgte …«

»Schluss jetzt damit!« Er packte mich so kräftig am Handgelenk, dass ich durch die Schmerzen wieder zur Vernunft kam. Ich hörte mich erleichtert schluchzen, als ich mein inneres Gleichgewicht wieder fand. Das uralte Mittel gegen Hysterie hatte wieder einmal geholfen.

John packte mich noch fester, bis ich ihm mein Gesicht zuwandte, und der schwache Lichtschimmer vom Armaturenbrett auf mich fiel. Seine vertrauten Züge und der Ton seiner Stimme gaben mir Kraft. Ich fühlte mich törichterweise wie zu Hause.

»Hör zu, Annie.« Mit diesem Namen hatte er mich in der Schule immer geneckt, wenn er bei mir in Ungnade gewesen war. »Ich habe mit Rhoda gesprochen und weiß, wer deine Patientin ist. Was führt sie bloß jetzt wieder im Schilde?«

»Darum geht es nicht.« Ich hatte mich wieder in der Gewalt. »Du musst sofort verschwinden, John. Fahr nach Grundesberg zurück und erzähle keinem Menschen, wo du warst.«

»Gut. Fahren wir beide.«

»Nein. Die Sache ist ernst. Sie liegt im Sterben.«

»Francia?« Er stieß einen leisen Pfiff aus. »Jetzt verstehe ich.« Von einer inneren Teilnahme war nichts zu spüren. Zu meinem Entsetzen merkte ich, dass ich auch nicht damit gerechnet hatte. »Was ist eigentlich mit ihr?«

»Eine Überdosis Schlafmittel.«

Ich spürte, wie er an meiner Seite erstarrte.

»Zum Teufel!«

»Genau das.« Ich sprach sehr leise und eindringlich. »Deswegen musst du verschwinden. Deinetwegen sowohl als auch meinetwegen. Das siehst du doch ein, nicht wahr?«

»Amtliche Leichenschau und übles Gerede überall. Und ich auf Besuch bei dir! Lieber Himmel, was hab' ich dir bloß eingebrockt! Ja, du hast Recht, Ann, ich kann nichts weiter tun, als mich davonmachen.«

Ich glaube, es war mein Schweigen, das mich verriet. Ich konnte kaum atmen, so bestrebt war ich, ihn aus der ganzen Affäre herauszuhalten. Er sah es mir an. Er kannte mich zu gut. Sein Griff wurde fester.

»Heraus mit der Sprache, Ann. Warum hat sie das Zeug genommen?«

Ich belog ihn nicht. Ich konnte einfach nicht. Außerdem musste er es früher oder später doch erfahren. Ich fuhr mir mit der Zunge über die Lippen.

»Sie hat es nicht genommen. Man hat es ihr gegeben.«

Die Worte klangen in der Stille noch unheimlicher, und ihr Hall hing lange in der Dunkelheit.

John bewegte sich. Es war typisch für ihn, wie ich mich entsann, dass er angesichts wirklicher Schwierigkeiten ruhig, gefasst und sachlich wurde. Er nahm seinen Arm von meiner Schulter und legte seine Hand auf meine.

»Erzähle mir kurz die Einzelheiten«, sagte er leise. »Von Anfang an. Und lass dir Zeit.«

Ich gab meinen Widerstand auf. Es war, als erzählte ich mir selbst alles noch einmal. Ich berichtete alles, mit ganz normaler Stimme, fast im Konversationston – ein Arzt, der einem anderen die Krankengeschichte eines Patienten schildert.

Ich verschwieg nichts, ließ keinen belastenden Umstand aus – weder das Dormital noch die Beseitigung des Fläschchens durch die Schwester, nicht die Bestellung des Krankenwagens, den Besuch in dem Haus am Barton Square und den Mann, den ich dort angetroffen hatte.

Er hörte mir schweigend bis zu Ende zu. Dann beugte er sich zu mir nieder und hauchte einen Kuss auf mein Haar.

»Hinzu kommt, dass uns dein komischer Chef heute Nachmittag Arm in Arm überrascht hat«, stellte er abschließend fest und öffnete die Wagentür.

»Was wirst du tun?«, fragte ich.

»Mit hineinkommen.« Er lehnte sich über den Sitz und nahm eine arg mitgenommene Ledertasche vom Rücksitz.

»Ich habe mehrere solcher Fälle erlebt und bleibe am gescheitesten hier.«

»Das ist Wahnsinn«, rief ich, aus meinem entrückten Zustand zu mir kommend. »Du kannst doch nicht die Behandlung deiner eigenen Frau übernehmen, John. Damit gefährdest du alles!«

»Mein liebes Mädchen«, wandte er ein, »es ist bereits

alles gefährdet, wie du es ausdrückst. Wir beide könnten ebenso gut schon im Gefängnis sitzen.«

»Ich vielleicht«, gab ich zu. »Das ist mir in der letzten halben Stunde klar geworden. Aber du nicht. Du kannst nachweisen, dass du seit 1945 nichts mehr von mir gehört hast, bis gestern, als Rhodas Telegramm eintraf.«

Er erwiderte nichts, blieb aber bei seinem Entschluss.

»Komm jetzt«, sagte er und stieg aus.

»Ich lass das einfach nicht zu«, erklärte ich. Ich war störrisch. »Ich verweigere meine Einwilligung. Du darfst diesen Fall nicht mit übernehmen und dich meinetwegen ruinieren.«

Er öffnete mir den Wagenschlag und bückte sich, um mir beim Aussteigen behilflich zu sein. Seine Miene war ausdruckslos.

»Dann gestattest du vielleicht, dass ich es um ihretwillen tue«, sagte er deutlich.

Er wandte die gleiche Technik an wie vorhin, als er mich mit dem derben Griff am Handgelenk zur Vernunft brachte. Nur war es jetzt kein physischer Schmerz. Obwohl mir das bewusst war, verfehlte es seine Wirkung nicht. Es zeigte mir, wo ich stand. Ein Mann hatte mich sitzen lassen und mich lächerlich gemacht, und vier Jahre später betrat er mein Haus, als sei nichts gewesen. Und ich hatte mich, ohne auch nur im geringsten zu zögern, in seine Arme geworfen. Jetzt bekam ich die Quittung dafür. Ein wirksames Mittel, um meinen Widerstand zu brechen.

»Sobald ich im Hause bin, muss ich die Polizei anrufen«, sagte ich. »Das weißt du doch.«

»Ja. Hast du eine Ahnung, worum es sich handelt?«

»Nein. Es sei denn, dass der Mann, den du mitgebracht hast, etwas damit zu tun hat.«

John überlegte. »Ich glaube kaum. Geh lieber und erkundige dich, was man von dir will.«

Leise betraten wir das Haus. In der Diele war niemand. Während John seine nassen Sachen ablegte, telefonierte ich. Sergeant Archer war sofort am Apparat; er schien auf meinen Anruf gewartet zu haben. Ich erkannte seine heisere Stimme und wurde schmerzlich an unsere letzte Begegnung anlässlich des Straßenunfalls erinnert, als ich so schroff zu ihm gewesen war.

»Hallo, sind Sie das, Frau Doktor Fowler? Hier das Mapleforder Revier der Grafschaftspolizei. Es handelt sich um den Vorfall mit dem Gift.«

»Ja«, sagte ich leise.

»Dormital. Ich buchstabiere, wenn Sie erlauben.« Die belegte Stimme klang sehr amtlich. »D-O-R-M-I-T-A-L. Ein Fläschchen mit fünfzig Tabletten oder Kapseln. Stimmt das?«

»Tabletten, keine Kapseln.«

»Ta-blet-ten.« Er schrieb mit und ließ sich Zeit. »Vielen Dank, Frau Doktor Fowler. Als verloren gemeldet um 15 Uhr am 12. dieses Monats. Tut mir Leid, dass ich Sie in Ihrer Arbeit gestört habe, aber das Protokoll muss geführt werden. Nun ist uns zu Ohren gekommen, dass Sie diese Tabletten aller Wahrscheinlichkeit nach inzwischen wiedergefunden haben.«

»Was?« Ich spürte, wie meine Kopfhaut anfing zu prickeln.

»Wie bitte?« Er war äußerst höflich. »Dr. Ludlow hat mit Inspektor Brush gesprochen, und es hieß ...«

Das Atmen fiel mir ein wenig leichter. Ich ahnte, was sich abgespielt haben musste. Percy hatte Brush beruhigt, und Brush wiederum hatte Archer beruhigt, doch Archer hatte eine Gelegenheit gewittert, mir mein Verhalten bei dem Unfall heimzuzahlen unter dem Vorwand, Protokoll führen zu müssen. Ich hörte nicht einmal das Ende des Satzes, sondern vernahm nur seine nächste Frage, die deutlich aus dem Hörer klang.

»Haben Sie die Tabletten tatsächlich gefunden, Frau Doktor?«

Lüg nicht. Was du auch tun magst, lüg nicht. Sämtliche Instinkte, die ich besaß, schienen mir diese Worte zuzuschreien. Ich hätte selbst schreien mögen, doch dann hörte ich meine eigene Stimme, sehr entschieden und förmlich in normalem Tonfall sagen:

»Ja, ich habe sie gefunden. Vor einigen Stunden. Seitdem habe ich sehr viel zu tun gehabt. Ich bin noch immer sehr beschäftigt. Morgen früh mache ich eine schriftliche Meldung. Auf Wiedersehn.«

Ich hängte ein und ging hinaus in die Diele. Mir war, als läge der Strick bereits um meinen Hals.

John wartete auf mich, die dunklen Augenbrauen fragend hochgezogen. Im Flüsterton gab ich ihm einen kurzen Bericht. Er runzelte nachdenklich die Stirn.

»Dumm. Doch unter den Umständen konntest du nichts anderes tun. Lieber Gott, was für eine Schweinerei! Warum will dein Chef die Sache eigentlich um jeden Preis vertuschen?«

»Er will keinen Skandal.«

Ich blickte ihm ins Gesicht und bemerkte, dass es um seinen breiten Mund zuckte und seine Augen glitzerten.

Es war das eigenartigste Grinsen, das man sich denken konnte. Es lag unverfälschter Humor darin und ein sardonischer Zug. Dieses Lächeln machte mir die Realität seiner Rückkehr stärker bewusst als alles andere.

»Der Ärmste«, murmelte er. »Und wo steckt dein rachsüchtiger Verrückter?«

Ich deutete auf die Wohnzimmertür. »Und die Küche liegt nach hinten hinaus«, sagte ich. »Der Mann, der mit dir gekommen ist ...«

Er schüttelte den Kopf. »... geht uns im Augenblick nichts an. Wir sind Ärzte, keine Polizisten. Wo ist die Patientin?«

Selbstverständlich hatte er Recht. Ich fühlte mich zurechtgewiesen, weil ich überhaupt an etwas anderes gedacht hatte. Wir gingen die dunkle Treppe hinauf. Die Schwester ließ uns mit argwöhnischer Schnelligkeit ein.

»Da sind Sie ja, Frau Doktor Fowler«, begann sie erleichtert, hielt jedoch abrupt inne, als sie John entdeckte. Er folgte mir in das Zimmer, und sie machte die Tür hinter uns zu. Ich stellte ihn kurz vor und murmelte etwas von der Hinzuziehung eines Kollegen.

Sie gaben sich die Hand. Tooley schaute mich fragend an. Sie war viel nervöser als ich, dabei hatte sie die fürchterliche Situation noch längst nicht voll erfasst, die Ärmste.

Ich lächelte sie so beruhigend wie möglich an, und beide beobachteten wir John, der an das Bett trat. Es war ein böser Augenblick für mich. Wie man schon gemerkt haben wird, habe ich sehr menschliche Regungen.

Langsam folgte ich ihm. Schwester Tooley trat hinter mich, jeder Zoll ihres gestärkten Schwesternkleides knisterte. Das Bett stand als einziges im Lichtkreis der Lampe. Sonst war das Zimmer dunkel. Francia war noch immer tief bewusstlos. Ihr Mund stand offen, nur atmete sie jetzt flacher und sehr schnell.

John beugte sich über sie, die Finger an ihrem Puls. Seine Augen waren zu bloßen Schlitzen zusammengezogen, sein Gesicht völlig ausdruckslos.

Ich kannte diese Miene an ihm. Er hatte sich in den Mantel unpersönlichen professionellen Interesses gehüllt. Die Frau vor ihm bedeutete für ihn nichts weiter als eine fehlerhafte Maschine, deren Mängel er unter Umständen beheben konnte. Vermutlich hätte er Francia gar nicht erkannt. Doch gleichzeitig machte ich eine bittere Entdeckung über mich selbst. Für mich war sie keine Maschine. Für mich war sie Francia Forde, und solange John zugegen war, würde sie es bleiben.

Es ging routinemäßig weiter. John wusch sich die Hände und nahm seine Untersuchung vor unter Assistenz der Schwester, die aus ihrer Anerkennung kein Hehl machte. Mit dem bisschen Verstand, das mir noch geblieben war, konnte auch ich seine Art zu handeln nur gutheißen. Ich hatte ihn noch nie bei der Arbeit beobachtet, und nun begriff ich, warum seine Laufbahn so viel versprechend angefangen hatte. Er besaß Gründlichkeit und Autorität, und während er arbeitete, schien ihm nicht ein einziger Augenblick lang ein Gedanke durch den Sinn zu gehen, der nicht dazugehörte.

Als er fertig war, richtete er sich auf, und sein Gesicht war ernst.

Dann gab ich meinen Bericht. Die Schwester brachte die Tabletten, die sie in dem Waschbeutel gefunden hatte. Sie lief vor Entsetzen rot an, als ich das Dormital in allen Einzelheiten beschrieb. Schließlich kamen wir auf meine bisherige Behandlung zu sprechen.

John blickte mich unverwandt an, stellte Fragen, nickte auf meine Antworten. Wir hätten ebenso gut zwei Kollegen sein können, die sich noch nie zuvor begegnet waren.

Als ich fertig war, fiel mir seine Verstörtheit auf. Er sah älter aus und sogar dünner. Als ich ihn anschaute, sank mir der Mut. Der Angsttraum, der Zukunft hieß, hüllte mich ein, furchtbarer als je zuvor, weil jetzt auch John daran beteiligt war. Bis zu Johns Eintreffen hätte ich der Frau im Bett verzeihen können. Als ich sie jetzt anblickte, hatte ich nicht einmal mehr Mitleid mit ihr.

»Sehr vernünftig und gründlich, Kollegin.« Während er sprach, lächelte er mich kurz an, und ich bemerkte, dass sogar ich keine wirkliche Person für ihn war. Ich bemühte mich, etwas von seiner Objektivität zu erlangen.

»Noch etwas?«

»Ich gebe Strychnin.«

Langes Schweigen. Ich wusste, dass einige Fachleute starke Dosen Strychnin, in verhältnismäßig kurzen Abständen verabreicht, befürworten, aber die Gefahr war ungeheuer groß.

»Ich dachte daran nur als allerletzten Ausweg«, sagte ich endlich.

Er schaute sich abrupt nach der Patientin um. Seine Stimme war sehr leise.

»Ich glaube nicht, dass noch viel Zeit ist.«

Die Schwester stand hinter ihm, jedes Wort unseres

Gesprächs abwägend, und ich sah, dass sie zustimmend nickte. Es stand also zwei zu eins – ich war überstimmt. Ich maß der Meinung der Schwester große Bedeutung bei. Wenn sie den Tod sah, dann kam er auch; darüber machte ich mir keine Illusionen. Darin war sie noch erfahrener als wir beide, trotz unseres ärztlichen Wissens. Die Anzeichen des Todes sind nur denen bekannt, die jahrelang mit angesehen haben, wie er sich einschleicht.

Als John die Stärke der Dosis erwähnte, spürte ich, wie mir der Schweiß ausbrach. Ich hatte gezögert, ein Sechzehntel zu verabreichen; er sprach von einem Sechstel. Ich stand an der anderen Seite des Bettes, und während er redete, ließ ich Francia keinen Augenblick aus den Augen. Ich glaubte, eine leichte Verschlechterung, eine fast unmerkliche Veränderung wahrzunehmen. Da wusste ich, dass wir das Risiko auf uns nehmen mussten.

Wir trafen die Entscheidung, John und ich, während Francia Forde bewusstlos zwischen uns lag, und für mich war der ganze Fall klar. Sobald wir zu einem Entschluss gekommen waren, gab es eine Menge zu tun. Mir kam es wie eine Rückkehr in unsere Kindheit vor – John mit seinen behutsamen Händen und wachsamen Augen übernahm wieder einmal die führende Rolle, und ich war seine folgsame Assistentin.

Die Schwester fand es ungewöhnlich. Sie schaute uns unverwandt an. Als wir beide einmal am Waschbecken zusammentrafen, riskierte sie eine Bemerkung.

»Ein großartiger Mann. Ein großartiger Mann«, flüsterte sie. »Sie kennen ihn ohne Zweifel schon länger?«

»Mein ganzes Leben«, murmelte ich und ließ sie denken, was sie wollte.

Im letzten Augenblick gab es noch eine Panne. Der Kessel mit kochendem Wasser kippte um, und die Schwester lief aufgeregt nach unten, um einen anderen zu holen. John und ich mussten warten. Es war ein kritischer Augenblick für uns, und keiner sagte etwas. Das Zimmer schien noch größer und kahler geworden zu sein, und ich hörte meine auf dem Kaminsims liegende Armbanduhr ticken.

Die Schwester blieb lange weg, und da begann ich, auf dem Teppich auf und ab zu laufen. Meine Hände waren feucht, meine Augen verklebt.

John rührte sich nicht. Er blieb unerschütterlich ruhig und starrte geistesabwesend auf die Gardinen am Fenster, die Kiefernmuskeln entspannt und locker. Er war besorgt, aber keineswegs hysterisch. Ich schämte mich vor mir selber.

Die Schwester kam mit raschelnden Kleidern zurück, einen dampfenden Kessel in der Hand.

»Das reinste Irrenhaus«, flüsterte sie. »Die Dienstboten sind zu Bett gegangen, und in der Küche befindet sich nur ein völlig fremder Mann, der sich ausgerechnet mit Miss Luffkin, der alten Katze, unterhält.«

Fast wäre mir das gläserne Tablett, das ich hielt, aus der Hand gefallen; John bemerkte meine unwillkürliche Bewegung und zog die Nadel zurück.

»Damit werden wir uns später befassen. Ruhig jetzt, Ann, bitte.«

Seine leise Stimme brachte mich zur Vernunft. In den nächsten drei Minuten sprach niemand ein Wort. In völliger Stille versuchten wir das letzte Mittel, so gewagt und so gefährlich es auch war.

Ich sah das weiche Fleisch von Francias Oberarm eingeklemmt zwischen Johns Fingern. Die blaue Hohlnadel bohrte sich unter ihre bleiche feuchte Haut.

Nachdem John ihr die Spritze gegeben hatte, betupfte er den Einstich mit alkoholdurchtränkter Watte und bettete ihren schlaffen Arm behutsam an ihre Seite. Dann zog er ihr die Decke bis ans Kinn, trat zum Kaminsims und warf einen Blick auf die Uhr.

»Fünfundzwanzig Minuten vor zwölf«, sagte er und schaute mich an. »Jetzt können wir nur abwarten ... und hoffen.«

Ich drehte die Lampe neben dem Bett zur Seite, John verschwand im Badezimmer, um sich zu waschen. Die Schwester stand neben mir.

»Sagten Sie, Miss Luffkin sei unten?«

»Hat man so etwas schon erlebt!« Ihre Augen waren rund vor Unwillen. »Steht sie da mit einem Milchpudding, jedes Haar auf ihrem Kopfe ein Fragezeichen. Dieses Weib wird noch im Fegefeuer herumschnüffeln. Bald wird es im ganzen Ort herum sein, was sie beobachtet und was sie nicht beobachtet hat. Was sie gedacht und was sie nicht gedacht hat. Ich habe ihr erklärt: ›Machen Sie, dass Sie ins Bett kommen, sonst wird Ihre Bronchitis wieder schlimmer, und Frau Doktor und ich haben anderes zu tun, als uns um Sie zu kümmern!‹ Daraufhin ging sie. Ich habe den Pudding weggestellt und die Tür hinter ihr zugemacht.«

»Und der Mann?«

»Ach, der? Ich weiß nicht, was er überhaupt wollte. Auf ihre Fragen ist er gar nicht eingegangen, das ist mir noch in Erinnerung. Stand nur höflich da, seine Pfeife in der Hand. Mehr kann ich nicht sagen, weil ich mich um das kochende Wasser kümmern musste.«

»Hat er irgendwelche Fragen an Sie gerichtet?«

Offensichtlich hatte sie ihn nicht weiter ernst genommen, so sehr war sie daran gewöhnt, in den Häusern, wo sie in ihrer Eigenschaft als Schwester ein- und ausging, auf unbekannte Menschen zu stoßen.

»Ich glaube nicht«, sagte sie schließlich. »Wenn ich mich recht erinnere, sagte er nur, er nehme an, dass ich stark beschäftigt sei, oder sonst etwas Blödes. Er wartete nur, das war alles.«

»Ja.« Ich hauchte das Wörtchen nur so hin. Selbstverständlich hatte sie Recht. Er wartete nur, wer er auch sein mochte. Ich richtete den Blick auf die stille Gestalt im Bett.

»Diese Frau, über die ihr eben gesprochen habt.« John war zurückgekommen, ohne dass ich ihn gehört hatte. »Ist das die beängstigende, alte Dame, die mit ihrer Taschenlampe die Autos auf der Straße anhält?«

»Das wird sie wohl sein, Sir.« Die Schwester sprach mit Überzeugung. »Sie ist einsam, das Einzige, womit man ihr Benehmen entschuldigen kann. Hat sie die Frechheit besessen, auch Sie anzuhalten?«

»Ja, aber ich konnte ihr nicht helfen, und so ist sie enttäuscht wieder verschwunden.«

»Umso besser.« Die Schwester strahlte Zufriedenheit aus. »Sie weiß nicht recht, was hier los ist, und das ist eine Tortur für sie. Sie hat mir oft genug erklärt: ›Ich bin nicht neugierig, Schwester, aber ich muss Bescheid wissen.‹«

Ein schwaches Lächeln spielte um Johns Mund, als er meinen Blicken begegnete.

»Die Geier versammeln sich«, sagte er leise zu mir. Und fuhr dann fort: »Wenn noch ein anderes Zimmer verfügbar sein sollte, so bin ich dafür, dass Sie sich für eine Stunde oder zwei hinlegen, Schwester. Dr. Fowler und ich werden auf die Patientin aufpassen und Sie erst gegen vier Uhr früh wieder brauchen.«

Sie wagte keinen Einwand. John hatte großen Eindruck auf sie gemacht, und instinktiv gehorchte sie seinen Anordnungen. Aber ich merkte, dass es ihr nicht recht war.

»Ich werde hinuntergehen und sehen, welches Zimmer sie haben kann«, sagte ich rasch und ging hinaus, ehe jemand Bedenken äußern konnte.

Die Standuhr schlug Mitternacht, als ich über den Treppenabsatz lief, und mir fiel auf, wie melodramatisch die Schläge klangen. Sie hatten einen tiefen Ton mit einem asthmatischen Krächzen, einem Todesröcheln, nach jedem Schlag.

Unten brannten die Lampen hell. In der Diele war es empfindlich kühl. Ich ging in die Küche. Ich wusste nicht, was ich zu dem Mann mit dem Regenschirm sagen sollte, ob ich Aufklärung über seine Absichten erhoffte oder mich nur vergewissern wollte, ob ich nicht verrückt geworden wäre und er tatsächlich da war, doch als ich die Küchentür aufstieß, war nichts von ihm zu sehen. Dennoch brannte Licht. Der Raum war sehr warm und hell. Die Ofentür stand offen, und ein Stuhl am Tisch war zurückgeschoben, als wäre jemand gerade aufgestanden. Aber der Raum war leer.

Die Hintertür war eingeklinkt, doch nicht verschlossen. Ich trat hinaus in ein Labyrinth aus dunklen Anrichteräumen und Waschküchen, sämtlich ohne elektrisches Licht. Mitten in dem Durchgang stolperte ich über einen Koffer. Es war ein ganz gewöhnlicher, schäbiger Lederkoffer, mit kräftigen Riemen umschnürt. Er stand nur da und war im Wege.

Ich rückte ihn nicht beiseite, da es mich kaum etwas anging, und kehrte in die Küche zurück. Dort erwartete mich eine weitere Überraschung. Der Stuhl stand nicht mehr an der alten Stelle, sondern mit der Sitzfläche wieder unter dem Tisch. Und in der warmen Luft hing deutlich und unverkennbar ein Wölkchen Tabakrauch. Dennoch hatte ich mich nur einige Meter aus der Küche entfernt und aufmerksam gelauscht, aber keinen Laut vernommen.

Ich eilte in die Diele, aber dort war alles unverändert, kahl und hell und kalt.

Gastineaus Stimme erschreckte mich, als ich an die Wohnzimmertür klopfte, obwohl ich darauf vorbereitet war, sie zu hören. Er saß nicht auf seinem üblichen Platz am Feuer. Ich blickte mich nervös im Zimmer um. Dann entdeckte ich ihn auf einem hochlehnigen Stuhl, der an den Schreibtisch herangerückt worden war.

Er sortierte einen unordentlichen Haufen von Schriftstücken aus, und der Papierkorb an seiner Seite war fast voll. Er hatte sich bewegt, als ich eintrat, und ich sah die unausgesprochene Frage in seinen Augen.

»Miss Fordes Zustand ist unverändert«, sagte ich steif, betroffen von seiner Ungeduld. »Ich wollte mich nur erkundigen, ob Sie für die Schwester ein Zimmer haben. Wenn sie jetzt ein Weilchen schlafen könnte, wäre es gut.«

»Ein langer Tag morgen, wie? Nehmen Sie, welches

Sie wollen, Frau Doktor Fowler. Sie sind alle leer.« Es klang fast freundlich. »Die Dienstboten schlafen nach hinten hinaus und haben ihre eigene Treppe. Ich gehe ohnehin nicht zu Bett.« Er lehnte sich im Stuhl zurück und deutete auf den Schreibtisch. »Sehen Sie? Ich miste meinen Schweinestall aus. Höchste Zeit. Man kann die Wartezeit ebenso gut mit etwas Nützlichem verbringen.«

Wieder diese erschreckende Offenheit, diese Anspielung darauf, dass wir Verbündete wären. Ich hatte mich noch nicht darüber beruhigt, als mich seine nächste Bemerkung überrumpelte.

»Dr. Ludlow hat angerufen, aber ich habe ihn gebeten, Sie nicht zu stören, da Sie beschäftigt seien. Ich habe mir erlaubt, ihm mitzuteilen, dass Sie Dr. Linnett hinzugezogen haben.«

Er machte eine kurze Pause und fügte hinzu: »Er war sehr erleichtert und wird wohl zu Bett gegangen sein. Wir sind also zu dritt, ganz unter uns.«

Ich merkte ein wenig zu spät, dass er über John sehr genaue Nachforschungen angestellt haben musste und dass dies ein sanfter Hinweis darauf war, dass wir alle drei in einem Boot säßen. Wütend auf mich und entsetzt schöpfte ich nur etwas Trost aus der Tatsache, dass auch er nervös war. Ich vermutete, dass unser vereinter Widerstand etwas mehr war, als er erwartet hatte. Ich wünschte, ich hätte ihn wenigstens ebenso hoch eingeschätzt.

»Die Schwester kann also irgendein beliebiges Zimmer haben, sagen Sie? Vielen Dank. Gute Nacht, Mr. Gastineau. Sobald es etwas Neues gibt, werde ich Sie informieren.«

Damit verließ ich ihn und ging mit zitternden Knien nach oben.

Ich fand ein Zimmer mit einem Bett, das nicht feucht war, und rief die Schwester. Sie war sehr müde, wollte sich aber keine Ruhe gönnen, solange ich auf den Beinen war, befolgte jedoch dann unsere Anordnung.

Im Krankenzimmer war es still und luftig. Als ich eintrat, stand John am Bett. Ich ging zu ihm hinüber.

»So weit, so gut.«

Seine schmalen Augen glänzten im Schein der Lampe.

»Zum Glück sind die Lungen noch intakt, dank deiner Behandlung, Ann.«

»Noch keine Reaktion?«

»Nein. Wir müssen abwarten. Komm und setz dich.«

Wir nahmen am Feuer auf den Stühlen Platz, die Schwester Tooley und ich am Abend dorthin geschoben hatten. John lehnte sich zurück, so dass sein Kopf auf dem Stoffüberzug ruhte. Sein Kinn lag auf seiner Brust, und ich sah das Profil, über das die Filmleute aus dem Häuschen geraten waren, als sie den Schritt taten, der sein Leben und meines ruinieren sollte.

Ich glaube, in diesem Augenblick hatten wir beide denselben Gedanken. Er lief auf eine einfache Frage hinaus:

Wann, wenn überhaupt, würden er und ich wieder in der Lage sein, ruhig vor einem Feuer zu sitzen und frei und offen miteinander zu sprechen? Falls Francia sterben sollte – und obwohl ich es mir nicht eingestehen wollte, schien jetzt kaum noch eine Chance für ihre Genesung zu bestehen – lautete die Antwort unwiderruflich: Niemals mehr.

Keiner von uns beiden würde sich vor der Verantwortung drücken, seinen ärztlichen Eid brechen oder sich erpressen lassen. Was kommen würde, war leicht vorauszusehen. Es würde ein paar qualvolle Wochen geben, voller Klatsch und Ungewissheit und dann … was dann? Wer würde unseren Worten Glauben schenken? Würde ich es tun, wenn ich selbst auf der Geschworenenbank säße?

John wandte den Kopf und blickte mich an. Der warme Lichtschein des Feuers färbte sein Gesicht rot.

»Ich bin auf den Film hereingefallen«, sagte er unvermittelt.

Diese vertrauliche Mitteilung bedeutete mir so viel, dass ich Angst hatte, etwas Falsches zu sagen. Eine Szene aus meiner weit zurückliegenden Kindheit kam mir in den Sinn. Ich sah mich in weißen Seidenhöschen an einen Laternenpfahl gebunden stehen.

»Der Knabe stand auf brennendem Verdeck«, murmelte ich.

Er lachte in sich hinein.

»Mein Gott, warst du komisch!«

»Die Kleine hat ihr Bestes getan.«

»Vater sagte das, ich weiß es noch ganz genau. Und du warst furchtbar wütend! Du hättest die Zuhörer umbringen können!«

Ich lachte. »Ich weiß, dass ich mich lächerlich gemacht habe, und denke nur noch mit Empörung daran zurück.«

»Wirklich?« Er starrte wieder ins Feuer. »Du hast dich nicht halb so sehr blamiert wie ich in Italien, Ann.«

Ich nahm all meinen Mut zusammen. »Es war eben

eine schlimme Zeit, so kurz nach Kriegsende. Sieg und nichts anderes, nicht einmal Frieden.« Die Worte kamen träge wie im Halbschlaf heraus.

»So ungefähr war es«, stimmte er müde zu und legte die Stirn in Falten. »Wir haben nur müßig herumgesessen. Ich hatte den ganzen Kram so satt, die Verwundeten, die nutzlosen Opfer, und dann waren die Filmleute so umwerfend amüsant. Ich verstand nur die Hälfte von dem, was sie sagten, aber es klang alles sehr schmeichelhaft für mich. Es gab da einen kleinen Kerl, der wie ein Hotei aussah ... entsinnst du dich?«

Ich nickte. Ich sah den fetten kleinen chinesischen Glücksgott im Schlafzimmer von Mrs. Linnett auf dem Kaminsims stehen.

John folgte meinen Gedanken. »Ich konnte einfach nicht in das leere Haus zurückkehren, Ann.«

»Nein. Lieber nicht. Übrigens war der Hotei weiß.«

»Dieser kleine Kerl nicht. Er war grau. Ich weiß nicht, was er war oder wie er dorthin kam, aber er war die gewichtigste Person in der ganzen Gruppe. Sie erhielten eine Sondergenehmigung, außerhalb von Florenz zu filmen. Ich war seine große Entdeckung. Er setzte alle Hebel in Bewegung, um mir den nötigen Urlaub zu verschaffen, wie ein Messer, das durch Butter geht. Und so kam es dazu.«

Langes Schweigen. Ich hätte ihm gern gesagt, dass es gleichgültig sei, wie es geschehen war, und dass ich es ahnte. Ich wollte ihm klar machen, dass ich nicht dumm war und mir ausmalen konnte, was es bedeuten musste, eine Gelegenheit zu bekommen, den Erinnerungen zu entrinnen, und dass ich es ihm von allen Menschen am ehesten verzeihen könne, wenn er davor zurückgeschreckt war, in das hübsche, schäbige alte Haus in Southersham zurückzukehren, wo jedes Türaufklinken ihn aufgescheucht hätte, wie um jemand zu begrüßen, der nie wieder in Erscheinung treten würde. Aber ich sagte nichts.

Das Einzige, was einer Erklärung bedurfte, lag hinter uns in der Dunkelheit. Mein Hals wurde trocken, und ich rückte unruhig hin und her.

»Francia Forde, hat sie damals zu dieser Gruppe gehört?«, murmelte ich und hielt den Atem an.

»Sie kam dazu.« Mit den tiefen Falten auf der Stirn war sein Gesicht kaum noch schön zu nennen.

»Und du bist auch auf sie hereingefallen?«

»Das war ein Fehler. Ich wusste es. Ich war ein Narr.« Ich spürte, wie er sich in sich selbst zurückzog, eine unsichtbare Wand trennte uns jetzt. »Das ist etwas, was ich dir nicht sagen kann oder vielmehr nicht sagen mag. Macht es dir etwas aus?«

Wie konnte es mir etwas ausmachen, da wir so wenig Zeit hatten!

»Lieber Himmel, nein«, sagte ich. »Ich möchte lieber gern von mir selber sprechen. Ich bin auf Keuchhusten hereingefallen.«

»So?« Sein Interesse erwachte wieder wie ein über mich hinweghuschender Lichtstrahl. »Ein ungeheuer weites Gebiet. Die meisten Ärzte verschreiben immer noch die alten Mittel dagegen.«

»Ich weiß schon längst bessere.« Unbeholfen kletterte ich auf mein Steckenpferd, während in der Düsternis hinter uns Francia mit dem Tod rang und in ihren schlaffen Fingern all das hielt, wofür wir lebten. Nach einer Weile kamen wir auf Kinderkrankheiten zu sprechen, und ehe wir es uns versahen, waren wir wieder bei unseren alten Träumen, die uns wie schöne bunte Schleier einhüllten.

»Für unsere Klinik habe ich Schwester Tooley im Auge«, sagte ich.

Er war sehr interessiert. »Ja, sie ist eine außergewöhnliche Frau, nicht wahr? Das ist mir schon aufgefallen. Kann sie mit Kindern umgehen?«

»Sehr gut«, wollte ich sagen, aber die Worte blieben mir im Halse stecken. Ich vergrub meinen Kopf in den Händen. Ich konnte es nicht ändern. Die Tränen rollten mir übers Gesicht, über mein Kinn, auf meinen Kittel. Ich versank fast in meinem Stuhl und kämpfte um meine Fassung. John legte seine Hand auf meinen Arm, und dann um mein Handgelenk.

»Ann … ach, Ann!«

Es hätte das Weltende sein können.

Ich vernahm es zuerst. Meine Ohren, eingestellt auf die feinste Nuance in seiner Stimme, das leiseste Geräusch im Hause, fingen das veränderte Atmen aus dem Bett auf. Als ich aufsprang, kam der andere Laut, tief, röchelnd, entsetzlich hallend.

Im Nu waren wir auf der anderen Seite des Zimmers, und John tastete nach dem Lichtschalter. Francia lag so da wie zuvor. Sie lag auf dem Rücken. Ihr Haar war wie goldener Seetang über das Kissen gebreitet. Zum ersten Mal seit ich sie gesehen hatte, waren ihre Augen geöffnet. Als das Licht sie traf, schloss sie sie geblendet. Ihre

Lippen bewegten sich, langsam wandte sie den Kopf ab. Ich hatte das Gefühl, als drehe sich mir das Herz um. Zaghaft streckte ich die Hand aus und griff nach ihrem Gelenk. Der Puls war nicht besonders schnell und ging nicht mehr unregelmäßig.

Ich blickte John über das Bett hinweg an. Sein Gesicht erschreckte mich. Es strahlte reine Freude aus, als er sie beobachtete. Sein Mund war halb offen, als wolle er ihr behilflich sein und sie zwingen, etwas zu sagen.

Sie erwachte wie Dornröschen nach tausend Jahren. Sie stand noch immer unter dem Einfluss der Droge. Ihre Augen versuchten, sich auf einen Punkt zu konzentrieren, gaben es aber auf. Ihre trockenen Lippen bewegten sich. Sie wehrte sich gegen das Nichts, in das sie zu versinken drohte. Ihr Lebenswille war ungeheuer stark. Ich spürte es an ihrem Puls. Sie kämpfte wie ein Mann. Man konnte sie nur bewundern.

Ich flößte ihr eine winzige Menge Wasser aus der Tasse neben mir ein. Sie schluckte gierig.

»Francia!« Johns Stimme hallte scharf durch das stille Zimmer.

Ihre Lider hoben sich flatternd, sie blickte ihn voll an und erkannte ihn überrascht.

»John«, sagte sie mit träger Babystimme. Ihre kleine Hand, deren Nägel noch immer rot lackiert waren, schloss sich um seine.

Im nächsten Augenblick war sie wieder bewusstlos. Er befreite sich behutsam aus ihrem Griff, richtete sich auf und wischte sich die Stirn.

Seine Augen hatten nichts von ihrem Glanz verloren. In seiner Stimme schwang Triumph mit.

»Wir haben es geschafft«, sagte er. »Sie ist über den Berg. Jetzt kannst du die Schwester wecken, Ann.«

Ich drehte mich um und ging blindlings aus dem Zimmer, fast genauso benommen wie die Patientin.

Als die Schwester ohne ihr Häubchen, merkwürdig älter aussehend, in aller Eile hereinkam, während sie noch ihren Gürtel zuschnallte, lief John wie ein Verrückter im Zimmer auf und ab.

»Brühe«, sagte er abrupt. »Irgendetwas Warmes und Flüssiges und Nahrhaftes. In wenigen Minuten wird sie halb verhungert zu sich kommen. Ihnen zu danken, Schwester, Ihnen und Dr. Fowler.«

»Sie müssen sich das selber als Verdienst anrechnen, Sir.« Sie strahlte ihn an, und zum ersten Mal bemerkte ich kleine Schweißtropfen auf ihrer breiten, höckrigen Stirn. Auch sie hatte also Angst gehabt! »Sie ist so zart, und ich dachte schon …«

»Ja«, sagte er, den Blick gesenkt, »so sehr klein.«

Ich hörte ihn schon nicht mehr. Ich ging ins Badezimmer. Als ich in den Spiegel schaute, blickte mir ein verzerrtes, hartes ungepudertes Gesicht entgegen. Mein Haar sah aus, als hätte jemand versucht, es mir büschelweise auszureißen, und mein Kittel war am Hals durchnäßt. Ich versuchte mich ein wenig herzurichten, doch meine Hände zitterten, und mit meinen Augen schien etwas nicht in Ordnung zu sein. Sie waren größer geworden und sahen aus wie die einer Tragödienkönigin in vollem Make-up. Als ich herauskam, hatte John auf einem Stuhl Platz genommen, von dem aus er das Bett überschauen konnte, und saß da, eine Hand an ihrem Puls, den Blick unverwandt auf ihr Gesicht gerichtet.

»Fast normal«, sagte er über die Schulter hinweg. »Glaubst du, das Haus würde in Aufruhr geraten, wenn ich anfinge, laut zu singen?«

Ich unterdrückte die Antwort, die mir auf der Zunge lag, und tat beschäftigt.

»Sollte ich nicht lieber der Schwester helfen gehen?«

»Nein. Sie wird schon etwas auftreiben, sofern überhaupt etwas da ist. Schwestern wie sie haben einen sechsten Sinn dafür. Sie finden sogar in der Wüste und unter Blumentöpfen etwas zu essen. Überlass das nur ihr.«

»Und dir die Patientin?«

Mein Ton fiel ihm überhaupt nicht auf. »Ja«, sagte er zufrieden, »die Patientin mir. Pass auf.«

Francia bewegte sich wieder, er gab ihr Wasser, und ich spülte ihren Mund aus. Ihr Zustand besserte sich zusehends, und ich merkte immer deutlicher, was für ein Mensch sie im Grunde sein musste. Ihre Schönheit war nur eine Art Tünche, vermutete ich.

John unterstrich den Gedanken noch. »Du kennst sie natürlich nicht«, sagte er fröhlich. »Warte nur ab.«

Bei dem letzten Wort beugte er sich wieder über sie und konnte so mein Gesicht glücklicherweise nicht sehen.

Die Schwester kehrte triumphierend mit einer dampfenden Schüssel auf einem Tablett zurück.

»Nur Dosensuppe«, entschuldigte sie sich, »aber eine sehr gute. Mr. Gastineau musste mir suchen helfen, sonst hätte ich nichts gefunden. Ich habe ihm geraten, jemand in den Ort zu schicken und etwas Fleischextrakt besorgen zu lassen.«

John deutete auf den Kamin.

»Sehen Sie zu, dass die Suppe noch ein Weilchen warm bleibt. Die Patientin muss gleich zu sich kommen.«

Da es für mich absolut nichts zu tun gab, setzte ich mich in den größeren Stuhl bei dem Feuer. Ich wollte den nächsten Schritt überlegen. Was sollten wir mit Gastineau machen? Das Problem Francia schien erledigt. Dafür sorgte John.

Ich empfand die Wärme des Feuers, und es war wohltuend zu spüren, wie die Spannung der letzten Stunden nachließ. Mit einem Mal überwältigte mich der Schlaf. Ich fühlte ihn kommen und wehrte mich kaum. Mein letzter bewusster Gedanke war, dass ich nicht das Geringste tun konnte ...

Ich erwachte; mir war, als trüge es mich in einem riesigen Fahrstuhlschacht nach oben. Als ich die Augen aufschlug, sah ich, wie das kalte Morgenlicht die Vorhänge grau färbte. Sehr weit weg im Zimmer sprach jemand. Es war eine Stimme, die ich noch nie gehört hatte, weiblich und rau und affektiert, und wenn ich nicht träumte, sagte diese Stimme: »Nicht durstig, danke.«

Ich richtete mich auf. Schwester Tooley blickte mich an, einen beunruhigten Ausdruck im Gesicht.

»Schlafen zu können, ist etwas Wunderbares«, bemerkte sie. »Das haben Sie selber manchmal schon gesagt, Frau Doktor. Schönen guten Morgen.«

»Tut mir Leid.« Ich erhob mich und streckte meine verkrampften Beine.

John saß immer noch am Bett. Ich sah seine Schulterblätter, die sich scharf und müde aussehend unter dem weißen Leinen seines Kittels abzeichneten.

Francia ruhte jetzt auf einem Kissenberg, das Haar

gekämmt und die Augen weit geöffnet. Als ich hinüberging, merkte ich, dass etwas anders war als vorher, und ehe ich das Bett erreichte, wusste ich bereits, was es war. Die ganze Atmosphäre hatte sich verändert. Während des Schreckens und des Elends der Nacht waren wir drei Kameraden gewesen, durch ein einziges Ziel miteinander verbunden. Damit war es jetzt vorbei. Eine Fremde war hinzugekommen.

John stand auf. Er war erschöpft, um seine Augen lagen dunkle Ringe.

»Löst du mich jetzt ab, ja? Sie darf nicht gleich wieder einschlafen. Sieh zu, was du von dem Allgemeinbefinden hältst.«

»Du willst weggehen?« Die Patientin, die noch immer etwas unter dem Einfluss der Droge stand, brachte es tatsächlich fertig, beinah verführerisch zu wirken, als sie ihre kleinen Hände bewegte.

»Nur für ein Weilchen.« John sprach entschieden und freundlich und genauso, wie jeder andere Arzt gesprochen haben würde. »Frau Dr. Fowler wird sich um dich kümmern.«

»Na, schön.« Ihre großen Augen lösten sich von seiner Gestalt und ruhten jetzt auf mir. »Können Sie mich umbetten? Ich bin müde. Die eine Schulter tut mir weh. Ich weiß nicht welche. Aber das werden Sie feststellen können, nicht wahr?«

Sie sprach noch immer unartikuliert und schien nur halb bei sich zu sein, aber es war völlig klar, dass sie sich Männern gegenüber anders benahm als Frauen.

Während der nächsten fünfundzwanzig Minuten erfuhr ich manches über Francia Forde, und nach einer

Stunde hätte ich ein Essay über sie schreiben können und war eine weniger eifersüchtige, aber ungleich verwirrtere Frau. Sie war die beschränkteste Person, die ich je getroffen hatte, und kannte nur ein einziges Interesse – Francia. Sie war leicht zu durchschauen. Habgier, von allen Lastern dasjenige, das im Durchschnittsmenschen am ehesten zum Vorschein kommt, sprach aus jedem ihrer Worte, jeder Bewegung, jedem Blick. Ihre Hände waren habgierig, ihre Augen waren habgierig. Sobald sie nicht schauspielerte, war alles an ihr Gier. Und sie versuchte es nicht einmal zu verbergen!

Ich hatte mich auf alles Mögliche gefasst gemacht, auf das aber nicht. Gastineaus Geschichte war in allen Einzelheiten völlig überzeugend, außer in dem wesentlichsten Punkt. Es schien mir unmöglich, dass er sie geliebt hatte. Doch wenn ich bedachte, dass sich der Zwischenfall zu Beginn des Krieges zugetragen hatte, vor zehn Jahren, als sie noch keine zwanzig gewesen sein konnte, war es vielleicht nicht ausgeschlossen. Sie muss wie eine Blume ausgesehen haben. Vielleicht war sogar ihre Habsucht charmant gewesen wie die eines Kindes.

Nur John konnte ich nicht begreifen. Er saß mit dem Rücken zu mir in dem Stuhl, in dem ich geschlafen hatte. Sein dunkler Kopf ragte über die Lehne hinaus. Wenn er auch nur eine Stunde lang von so einer Person eingenommen gewesen war, konnte er nicht der Mann sein, für den ich ihn hielt.

Ich überließ Francia Schwester Tooley und ging zu ihm. Er betrachtete mich mit zusammengekniffenen Augen und rührte sich nicht. Er sah wie ein schläfriger Vogel aus.

»Was machen wir nun mit ihr?« Er sprach die Worte nicht laut aus, sondern formte sie nur deutlich mit seinen Lippen, so dass ich ihm folgen konnte.

Nach einer Weile versuchte er es noch einmal. »Hierlassen können wir sie doch nicht gut, nicht wahr?«

Diese Haltung hatte ich am wenigsten erwartet. Wir befanden uns in derselben alten misslichen Lage wie vorher.

»Ich werde das klären«, sagte ich entschieden.

Gastineau stellte noch ein Problem dar, das gelöst werden musste. Unsere Pflicht war eindeutig. Wir hätten die Frau wegbringen und die Polizei informieren sollen, doch davor schreckte ich zurück. Ich war kein Detektiv … auch kein Richter. Trotzdem konnte man ihn nicht frei herumlaufen lassen, damit er vielleicht noch einmal einen Mordversuch unternahm. Aber ich konnte ihn zum Sprechen bewegen. Das war er mir schuldig.

Ich ging hinaus, schloss die Tür leise hinter mir, wie es sich für einen Arzt schickt, trat auf den dunklen Treppenabsatz, und erstarrte. Auf einem Stuhl neben der Treppe saß der Mann mit dem Regenschirm. Er hatte ihn noch immer bei sich, säuberlich eingerollt hing er über der Stuhllehne. Den Hut hielt er auf den Knien.

Als ich erschien, erhob er sich und blickte mich um Entschuldigung bittend an.

»Guten Morgen, Frau Doktor Fowler. Darf ich hoffen, dass es der Patientin etwas besser geht?«

Ich hatte keine Angst mehr vor ihm, wie ich entzückt feststellte. Als ich ihn jetzt vor mir sah, kam es mir idiotisch vor, dass ich mich je vor ihm gefürchtet hatte, so sanftmütig und harmlos wirkte er.

»Ja, Gott sei Dank«, erklärte ich fröhlich und wollte an ihm vorbeigehen, als er eine höchst überraschende Bemerkung machte.

»Ich fürchte, die Hausbewohner sind sämtlich verschwunden«, sagte er. »Darum hielt ich es für das beste, hier heraufzukommen.«

»Verschwunden?«, wiederholte ich blöd.

»Du lieber Himmel!« Das schien ein beliebter Ausruf von ihm zu sein. »Ich dachte, das wüssten Sie. Sonst hätte ich Sie ganz gewiss gewarnt. Aber da Sie gesehen haben, wie Mr. Gastineau seine Papiere vernichtete, glaubte ich, Sie wären sich über seine Absichten im Klaren. Bald nachdem die Schwester wegen der Brühe nach unten kam, sind Gastineau und seine Dienstboten im Wagen davongefahren. Die Schwester wollte wohl jemand nach Fleischextrakt schicken, aber da sie alle ihre Koffer mitgenommen haben, glaube ich nicht, dass sie wiederkommen.«

Es war die längste Rede, die ich ihn je hatte halten hören. Er überragte mich um ein gutes Stück. Seine hellen Augen waren beängstigend intelligent, als er mich anschaute.

»Ich hoffe aufrichtig, dass ich mich nicht zu ungeschickt benommen habe, aber da ich Sie unten über den Koffer des Dieners stolpern hörte, glaubte ich tatsächlich, Sie wüssten von der geplanten Flucht.«

Zu irgendeiner anderen Zeit hätte seine übertriebene Förmlichkeit spaßig gewirkt.

»Wo waren Sie denn?«, herrschte ich ihn an.

»Ich – hier und dort«, erklärte er ausweichend. »Ich wollte noch nicht in Erscheinung treten.«

»Und wer sind Sie?« Fast hätte ich gesagt: ›Wer um Himmels willen sind Sie eigentlich?‹ Aber ich hatte den Eindruck, dass ich ihn damit verletzen könnte.

Er zog würdevoll und offenbar erleichtert eine Visitenkarte hervor. Darauf stand in schöner schwungvoller Schrift:

RECHERCHEN – Roland Bluett

»Ein Detektivbüro also!«, rief ich triumphierend, worauf er rot anlief.

»So nennen wir uns nicht, Frau Doktor Fowler«, protestierte er schwach. »Wir sind eine alte, gut eingeführte Firma, darauf spezialisiert, vermisste Personen mit einem Maximum an Diskretion wiederzufinden. Hauptsächlich handelt es sich dabei um vermisste Angehörige, aber dieser Fall lag etwas anders. In diesem Falle vertreten wir die Firma Moonlight, ein weit größeres Unternehmen als unser eigenes, wenn auch noch nicht so alt.«

»Verstehe«, sagte ich zögernd.

Er seufzte. »Das freut mich«, erklärte er einfach. »Ich befürchtete schon, Sie könnten einen falschen Eindruck gewonnen haben. Meine Klienten wollten nur gern vermeiden, dass etwas – wie soll ich mich ausdrücken? – dass etwas Ungünstiges über Miss Forde in den Zeitungen erscheint, in denen die Anzeigenwerbung der Firma Moonlight laufen soll. Das wäre, wie Sie einsehen werden, höchst peinlich gewesen.«

»Wissen Sie, wie wenig daran gefehlt hat?« Ich kam mir unfreundlich vor, sobald ich die Worte ausgesprochen hatte. Auf seinem Gesicht spiegelten sich Verständnis und Entsetzen.

»Ich vermutete es«, erklärte er ernst. »Ich habe wie auf heißen Kohlen gesessen, glauben Sie mir. Aber meine Lage war besonders schwierig, da sich die Dame in der Obhut – und nicht gerade der besten Obhut, wie ich befürchte – ihres Gatten befand.«

Mein Herz machte einen Sprung, doch ich verstand nicht, was er damit meinte. Ich schaute ihn ausdruckslos an, bis er schließlich in aller Förmlichkeit erklärte: »Miss Forde hat Mr. Gastineau vor einigen Jahren in Schweden geheiratet. Wir haben die Heiratsurkunde.« Er deutete an, dass seine Eheschließung in Schweden, soweit ihm bekannt war, legal sei, aber selbstverständlich nicht so gut, als hätte sie in England stattgefunden.

Selbst in meinem knieweichen Zustand musste ich daran denken, dass er und Percy sich hätten kennen lernen sollen.

»Sind Sie dessen ganz sicher?«

»Es gibt überhaupt keinen Zweifel«, sagte Mr. Bluett entschieden. »Sonst hätte ich einen leichteren Stand gehabt, ich wäre Ihnen an der Haustür und nicht an der Hintertür begegnet, Frau Doktor Fowler. Was uns die meisten Ungelegenheiten bereitet hat, war Mr. Gastineaus Rückkehr von den Toten, sozusagen.«

»Aber ich dachte, Miss Forde wäre mit jemand anders verheiratet«, sagte ich mit heiserer Stimme.

Er schaute mich entsetzt an und sagte etwas ganz Unerwartetes:

»Das wäre wirklich sehr schlimm. Ich weiß zwar, dass vor ihrem Berühmtwerden in der Presse eine Story darüber im Umlauf war und dass es hieß, sie wäre in Italien mit jemand durchgebrannt, aber das war bloße Erfindung, glauben Sie mir. Miss Forde persönlich hat das meinen Klienten versichert, als man ihre Personalpapiere prüfte. Sie gab zu verstehen, sie sei Witwe, Mr. Gastineaus Witwe. Als man erfuhr, dass sie verschwunden war, nachdem sie mit ihrem Gatten, der so plötzlich wieder aufgetaucht war, hatte essen gehen wollen, war man natürlich besorgt und übergab die Angelegenheit uns.«

»Weil man befürchtete, dass sie kurz vor einem Nervenzusammenbruch stehen könnte?«, murmelte ich.

»Kurz vor einem Nervenzusammenbruch«, wiederholte er ruhig und seine Augen hatten plötzlich wieder einen verschwommenen Ausdruck.

Ich sagte nichts. Tausend Fragen gingen mir durch den Sinn, und einige Sekunden vergingen, ehe er sich höflich danach erkundigte, wann Francia meiner Meinung nach soweit wiederhergestellt sein würde, dass er sie mit zurücknehmen könne. Als ich seine Worte schließlich begriff, warf es mich fast um.

»Sie mit zurücknehmen?«, flüsterte ich.

»Natürlich.« Er wunderte sich über meine Begriffsstutzigkeit. »Ich habe, offen gesagt, nicht die Absicht, von ihrer Seite zu weichen, jetzt wo ich sie gefunden habe. Meine Klienten sind im Begriff, zwei Millionen Pfund für eine Werbeaktion aufzuwenden, die mit ihrem Gesicht steht und fällt. Da Mr. Gastineau verschwunden ist, dürfte sie kaum hierbleiben wollen. Ich würde sie gern in ihre Wohnung nach London zurückbringen.«

Ich wusste nicht, was ich machen sollte. Aufgeregt stand ich da und fragte mich, ob ich John sofort Bescheid sagen, ob ich den lieben Mr. Bluett an die Hand nehmen oder ob ich mich hinsetzen und vor Erleichterung weinen sollte.

Schließlich führte der überraschende Zwischenfall, der sich während dieses hektischen Wochenendes zutrug, die Lösung der ganzen Angelegenheit herbei.

Unten in der Diele hustete jemand laut, und als ich über das Geländer schaute, sah ich Percy Ludlow und Sergeant Archer unten stehen. Beide waren halb erfroren.

Percy sah wütend aus. Als er mich erblickte, stieß er einen geräuschvollen Seufzer aus.

»Ann! Endlich ein vernünftiges Wesen! Können Sie diesem Herrn hier eine Erklärung abgeben?«

Mr. Bluett war wie ein Schatten im Hintergrund verschwunden, und so ging ich allein hinunter. Percy hatte die Hände in den Manteltaschen vergraben und stampfte mit den Füßen auf die Fliesen, um sich warm zu machen. Es war klar, dass man ihn aus dem Bett geholt hatte, denn er war unrasiert und hatte ein Halstuch um.

Archer befand sich in fast dem gleichen Zustand, nur dass man den fehlenden Kragen unter seiner Uniform nicht bemerkte. Beide waren schmutzbedeckt. Der Sergeant war so ruhig und blass, wie ich ihn noch nie erlebt hatte. Es vergingen einige Minuten, ehe ich dahinterkam, dass sein seltsames Benehmen teils auf Ehrerbietung, teils auf einen Schock zurückzuführen war.

Percy überraschte mich, indem er mich am Arm ergriff.

»Sie sehen müde aus. War eine schlimme Nacht, wie? Was macht die Patientin?«

»Nicht schlecht«, beruhigte ich ihn. »Sie kann sich bereits wieder aufsetzen.«

»Nimmt sie Nahrung zu sich?«

»Ein wenig.«

»Gut. Tut mir Leid, dass ich Ihnen noch weitere Ungelegenheiten bereiten muss, aber ohne Sie kommen wir nicht weiter. Die beiden Überlebenden können nur Kauderwelsch reden.«

»Überlebenden?«

»Ja!« Er blies das Wort hervor, als sei es eine Seifenblase. »Wieder so ein unglaublicher Verkehrsunfall. Aber das eine sage ich Ihnen, Ann, auch wenn ein Polizist dabeisteht. Er kann es meinetwegen zu Protokoll nehmen – schuld an dem Unfall ist einzig und allein diese alte, dumme Hexe.«

»Wer?«

Er explodierte. »Nun, Lizzie natürlich! Sie war der einzige Mensch auf der Straße. Lizzie Luffkin, dieser alte Besen. Sie hat zugegeben, dass sie hinauslief, als ein Wagen mit ziemlicher Geschwindigkeit herankam, und dass sie dem Fahrer mit einer Taschenlampe ins Gesicht leuchtete. Ich bitte Sie! Ich hoffe, sie bekommt bei der Verhandlung ihre gerechte Strafe. Wenn nicht, werde ich dafür sorgen. Der Wagen hat sich überschlagen. Ein Insasse war sofort tot.«

»Wer?«, fragte ich, obwohl ich es zu wissen glaubte.

Percy tätschelte mich. »Ihr Patient, Kind. Tut mir Leid, aber so ist es nun einmal. Ich glaube, ich habe Recht. Osteoarthritis, weit fortgeschritten.«

»Ja, das ist Gastineau.«

»Das ist alles, was ich wissen möchte, Frau Doktor

Fowler.« Archer war höflich. »Nur den Namen und das ungefähre Alter. Aus den anderen ist kein vernünftiges Wort herauszubekommen.«

Percy blieb, und als der Polizist gegangen war, versuchte er mich zu trösten – warum, weiß ich nicht.

»Armer Kerl«, murmelte er, mit gespreizten Beinen auf der Schwelle stehend, indes er seine Blicke umherschweifen ließ. »Armer, armer Teufel. Aber immerhin – Arthritis. Die Gelenke schwer in Mitleidenschaft gezogen. Hatte nicht mehr viel zu erwarten, wie?«

»Nein.« Ich sprach leiser, als ich beabsichtigt hatte. »Zu erwarten hatte er kaum noch etwas. Eigentlich gar nichts mehr.«

Die Schwester und Mr. Bluett blieben bei Francia. Ehe ich die Pfauenvilla verließ, rief ich Mr. Robins noch einmal an und bestellte einen Krankenwagen für ihren Transport nach London, aber diesmal nicht zum Barton Square. Mr. Bluett, der eine bemerkenswerte Wendigkeit an den Tag legte, engagierte zu ihrer Begleitung eine Pflegerin aus London.

Niemand schien zu bemerken, wie seltsam es doch war, dass Gastineau und seine Dienstboten sich entschlossen hatten, im Morgengrauen mit einem Wagen voll Gepäck abzufahren. Mapleford war so bestürzt über den Unfall und so an seiner Ursache interessiert, dass den Klatschbasen das Auffallendste entging, und der einzige Mensch, der bestimmt etwas dazu zu bemerken gehabt hätte, sagte in diesem Augenblick nicht viel: Miss Luffkin hatte sich zu Bett gelegt und ließ sich von dem gutmütigen Wells ärztlich betreuen.

Ich fuhr mit John zum Frühstück nach Hause. Rhoda

empfing uns mit einem Blick, der deutlich sagte, dass wir ihr erzählen könnten, was wir wollten, sie bliebe dabei, wir wären die ganze Nacht zu unserem Vergnügen zusammen aus gewesen. Aber Johns elendes Aussehen veranlasste sie, sich sofort um das Frühstück zu kümmern. Während sie es singend zubereitete, nahm ich rasch ein Bad. John telefonierte mit Grundesberg.

Die Sonne schien. Wir saßen am offenen Fenster bei Kaffee und selbst gebackenem Brot. Die Butter hatte eine Bauersfrau aus der Nähe von Mapleford gebracht. John und ich schauten uns nicht an. Die Welt war ruhig und warm und grün, und ich war glücklich und hungrig und neugierig.

Auch John war glücklich. Man sah es ihm an. Er war vollkommen verändert. Er hatte etwas Erregendes an sich, er war gar nicht mehr so, wie ich ihn als Jungen gekannt hatte.

Nach einer ganzen Weile sagte er plötzlich:

»Ich habe mit Mr. Bluett gesprochen. Wenn er Recht hat, was Francia Gastineau angeht, so musst du wohl oder übel einen Wärter für mich engagieren, Ann, aber einen freundlichen, bitte.«

»Hat er Recht?«

»Ich weiß nicht.« Er sprach sehr langsam und streckte die Hand nach mir aus. »Das einzige, was seine Geschichte glaubwürdig macht, ist die sonst völlig unverständliche Haltung der Herren Moonlight u. Co.«

»Warum?«

»Nun, mein liebes Mädchen, ein Unternehmen dieser Größe entscheidet sich nicht bloß für ein hübsches Gesicht, wie berühmt es auch immer sein mag. Diese Art von Werbung ist eine ernste, geschäftliche Angelegenheit. Man muss Francias Vergangenheit sehr genau unter die Lupe genommen haben, ehe man sich entschloss, sie für ein solches Riesenprojekt zu engagieren. Wenn sie sich als Gastineaus Witwe ausgegeben hat, so wäre man bestimmt hinter eine zweite legale Eheschließung gekommen, möchte ich meinen.«

Ich legte Messer und Gabel weg und blickte ihn voll an.

»Jetzt möchte ich endlich die ganze Geschichte hören, John.«

Sein Gesicht war mir ganz nahe. Es wechselte nicht die Farbe, und seine Augen waren eher nachdenklich als beschämt.

»Jetzt, da wir ihr dummes kleines Leben gerettet haben, bin ich gar nicht mehr so böse auf sie«, bemerkte er unvermittelt. »Deswegen war ich wohl auch so froh, als ich merkte, dass sie durchkommen würde. Mein Gott, sie hat einen Hanswurst aus mir gemacht.«

»Jetzt verstehe ich überhaupt nichts mehr«, sagte ich ziemlich scharf. »Was war denn das Ganze bloß? Hat sie dich gezwungen, sie zu heiraten?«

Das ärgerte ihn. Seine Hand schloss sich fester um meinen Arm, damit ich ihm nicht entwischen könnte, während er redete. In mancherlei Hinsicht hatte er sich seit seinem zehnten Lebensjahr überhaupt nicht geändert.

»Ich habe dir damals nichts von dem Filmangebot geschrieben, weil ich wusste, dass du es nie gutheißen würdest, wenn ich meine ärztliche Laufbahn aufgäbe. Ich wollte die ganze Angelegenheit fest unter Dach und Fach haben, ehe du mir abraten konntest«, erklärte er mit der typischen Gereiztheit eines Mannes, der ein Bekenntnis ablegt.

»Sehr weise«, murmelte ich.

Er seufzte und drückte meinen Kopf an seine Schulter.

»Wie ich dir schon sagte, bin ich auf das Filmangebot hereingefallen. Ich habe alles getan, um die Sache bei den militärischen Dienststellen durchzudrücken. Die Gesellschaft wollte einen Film mit dem französischen Bühnenstar Dolores Duse drehen, einer großartigen alten Dame, Ann. Sie hat ein Gesicht wie eine Ente, aber sie konnte einen auf Anhieb zum Lachen oder Weinen bringen. Ich sollte einen jungen, charmanten Offizier spielen, der das Herz ihrer Tochter in Aufruhr bringt, als er mit seinen Leuten anrückte, um sie alle zu befreien.«

»Ja, das verstehe ich alles.«

»Ich glaube nicht«, sagte er grimmig. »Nicht nur ich, auch meine sämtlichen Regimentskameraden waren filmbesessen. Einige sollten Nebenrollen bekommen. Wir benahmen uns wie die kleinen Jungen. Der Krieg war vorbei, und zum ersten Mal seit Jahren erlebten wir etwas Erfreuliches. Leider war ich der ›Liebling des Lehrers‹ und verstand von dem ganzen Rummel überhaupt nichts. In dieser Branche ist einer auf den anderen eifersüchtig, Ann.«

»Kann ich mir denken«, sagte ich lachend.

»Trotzdem ist es nicht ganz so, wie du es dir vorstellst. Beim Film ist das Risiko noch größer als in anderen Industriezweigen, und Publicity scheint für alle Beteiligten enorm viel zu bedeuten. Dazu musst du wissen, dass bis zu dem Zeitpunkt, da der kleine Direktor mich entdeckte und mir einen unbegrenzten Urlaub verschaffte mit der Begründung, dass ich genau der Typ sei, den er suche, dass bis dahin die Tochter als die zweitwichtigste Rolle galt.«

»Verstehe. Und Francia sollte diese Rolle spielen?«

»Ganz recht. Man war in Schweden auf sie aufmerksam geworden und hatte sie kommen lassen. Auf ihre Art war sie eine Draufgängerin und ließ sich nicht gern die Butter vom Brot nehmen. Doch als sie eintraf, war ich unglücklicherweise auf dem Schauplatz zugegen und schien drauf und dran, ihr die Trümpfe aus der Hand zu nehmen.«

Er hielt inne. »Dabei war es nicht weit her mit den Trümpfen, nur was Madame Duse uns davon übrig ließ. Doch der Direktor hatte einen Narren an mir gefressen und ließ von den Drehbuchschreibern meine Rolle erweitern. Danach sah es nicht so aus, als würde Francias große Chance ihr viel nützen.«

»Ließ sie dich merken, dass sie dir das verübelte?«

Er grinste. »Mich nicht. Ich war wahrscheinlich der Einzige in dem ganzen Laden, der keine Ahnung hatte, was sich abspielte. Ich wollte filmen und wusste nicht, dass dabei noch allerlei anderer Kram zu berücksichtigen war. Gott, war ich unerfahren! Francia begann damit, mich zu schneiden, und nachdem sie sich gründlich umgeschaut hatte, nahm sie mich plötzlich aufs Korn. Ich fühlte mich nicht weiter zu ihr hingezogen und ging ihr aus dem Weg. Deswegen bin ich auch von dem, was folgte, so völlig überrumpelt worden.«

Er zögerte. »Ich glaube, ich habe sie herausgefordert«,

sagte er schließlich. »Jedenfalls gab sie eine Party, als der Publicityrummel anfing. Ich konnte mich nicht darum herumdrücken. Ich trank, was man mir gab, und danach lief es ganz einfach auf den Trick von Bristol hinaus.«

Ich richtete mich auf.

»Was heißt denn das?«

Er lächelte und rümpfte verächtlich die Nase.

»Das ist der Trick, den die Damen der Stadt Bristol im siebzehnten Jahrhundert jenen klugen Matrosen zu spielen pflegten, die ihre Heuer vertrunken hatten. An das Ende der Party kann ich mich nicht mehr erinnern. Als ich mit berstendem Schädel aufwachte, war es sozusagen überübermorgen. Ich befand mich im Schlafzimmer eines Hotels auf dem Lande, Francia tanzte in einem Negligé herum, und einer ihrer Freunde, der zu den Werbeleuten gehörte, zeigte einer Horde von Italienern, angeblich Journalisten, ein Bild von Francia in einem Hochzeitskleid und eine italienische Heiratsurkunde. Alle tranken auf unser Wohl.«

»Und was hast du gemacht?«

Er lächelte ergrimmt. »Dasselbe wie die Matrosen, fürchte ich. Es ist eine altehrwürdige Reaktion, nur dass ich die Geistesgegenwart hatte, den Mund zu halten. Ich schlug den Werbemann nieder, und während Francia sich um ihn bemühte, zog ich mich im Badezimmer rasch an und kletterte zum Fenster hinaus. So endete meine Filmlaufbahn.«

»Aber Liebling«, protestierte ich, »hast du die Filmleute überhaupt nicht wieder aufgesucht?«

Er zuckte die Achseln. »Wozu? Ich bildete mir ein, die Urkunde wäre echt und ich wäre in eine Falle gestolpert.

Hätte ich Krach geschlagen, hätte ich mir selbst und dem Film geschadet, wenn nicht, hätte ich Francia auf dem Halse gehabt. Außerdem …«

»Was außerdem?«

Er warf mir einen merkwürdig schüchternen Blick zu.

»Ich dachte, dass ich als Mediziner doch vielleicht mehr taugen würde. Hab doch ein bisschen Nachsicht, Ann! Es war alles wie ein Rausch gewesen. Die ganze Bande hing mir zum Halse hinaus.«

Nachdenklich saß ich da. Er hätte sich mir damals wenigstens anvertrauen können. Und dennoch konnte ich mich etwas in den seltsamen Geisteszustand der Männer versetzen, die plötzlich nach jahrelangem aktivem Militärdienst entlassen werden. Manche von ihnen waren so befangen und schüchtern geworden, wie es eine alte Jungfer um die Jahrhundertwende nie gewesen war.

Wir hielten uns immer noch an den Händen. Ich rückte etwas näher an ihn heran.

»Jetzt musst du aber feststellen, was es mit der Heirat auf sich hat.«

»Lieber Gott, ja.«

Er zog mich an sich und küsste mich auf den Mund.

»Ich habe immer gewusst, wo du warst.«

»Was?«

»Als ich zurückkehrte, machte ich deinen Aufenthaltsort ausfindig. Dann musste ich mir eine Stellung besorgen und mich bewähren. Vergangene Woche hielt ich den Zeitpunkt für gekommen und schickte mich an, dir alles schonend beizubringen. In Southersham ließ ich durchsickern, dass der verlorene Sohn heimgekehrt wäre. Ich wusste, dass es sich herumsprechen würde.«

Ich richtete mich kerzengerade auf.

»Willst du damit sagen, dass du so eingebildet warst anzunehmen, ich würde zu dir kommen?«

Wieder drückte er mich an sich. Er lachte in sich hinein.

»Zum Teufel«, sagte er, »schließlich habe ich ein Telegramm bekommen.«

Rhoda setzte unserem Streit ein Ende. Sie erschien auf der Schwelle und schwenkte die Morgenzeitungen.

»Schauen Sie nur.« Ihre Stimme war voller Bewunderung. »Sehen Sie sich nur einmal diese Miss Francia an. Sieht sie nicht süß aus? Über eine ganze Seite!«

DEBORAH CROMBIE

Brillante Unterhaltung für alle Fans von Elizabeth George und Martha Grimes

42618

43229

43209

44091

GOLDMANN